就这样，做个冷淡的人吧，
只谈风月，不问世俗，
留一份"淡"，储藏所有丰盛。

能够同时拥有可爱和温柔,
把人心点亮的,都是神明。
惊鸿一瞥,凛冬散尽,星河长明。
　　　　　让风归于风,让春风踏遍,
　　　　　我荒芜的心,终于燃了。

想在夏天谈一段长长的恋爱,
那种头发雪白,还能一起走在酷暑中的恋爱。

相爱到绿荫成片,
相爱到步履蹒跚,
相爱到天荒地老。

我盯着城市的车水马龙,
让孤独和寂寞,装进汽车与汽车的缝隙,
连着大片的稀薄,带向我看不到的远方。

孤独的城市人,不可耻,
当他们站立在这个城市时,就已经赢得了荣光。

让绚烂的更加绚烂,
让热闹的更加热闹,
让炽热的更加炽热。

因为这一切,都在嘱咐我:
这个世界,值得你热情地去爱。

目 录

contents

接受自己的普通，然后全力以赴地出众

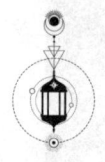

第一章

你要让你心中的那团火持续燃烧

接受自己的普通，然后全力以赴地出众	003
如何成为 20% 的少数人？	008
做正确的事儿，而不是容易的事儿	013
你要让你心中的那团火持续燃烧	018
别抱怨，这世界很公平	021
当你不被要求时，就是你被放弃了	025
不要一味付出式的自我感动	028
你只是看起来很努力	032
可做可不做的事，主动去做	037
忠于自己的是实力，不是职场老好人	041

第二章

走着走着,天就亮了

压垮人的,都是小事儿 047
走着走着,天就亮了 051
越是在黑暗中,越要用力拥抱自己 055
理想与现实最遥远的距离,是在我们心里 059
想要更好的人生,就别怕从头再来 062
不愿付出极致的努力,就别谈热爱 066
陷入低谷时别轻易放弃,那是触底反弹的机遇 070
要想成事儿,就要扛事儿 075
暂停比加速前进更需要智慧 080
爱折腾是生命中最大的勇敢 084

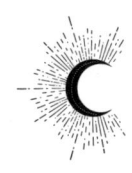

第三章

讨好所有人，就是对不起自己

不打扰，也是一种温柔	091
去过有选择权的人生	096
生活的仪式感，小事足矣	099
你一定要有属于自己的坚硬内核	102
有一种感恩，是懂得别人的付出	106
讨好所有人，就是对不起自己	111
什么都不信，可能是格局太小	116
不较劲，生活就能舒舒服服地过	121
你觉得别人过得好，是因为你和她不熟	125
我们用两年学会说话，却要用一生学会闭嘴	129

第四章

你自律的样子，就是你人生的样子

你的作息，决定你的格局	137
你自律的样子，就是你人生的样子	141
努力和不努力，过的是不一样的人生	146
人没有坚定信念，走不了任何路	150
甘于平凡，就会永远平凡	155
认识自己是一切问题的答案	159
喜欢将就，其实是没有算清成本	164
虽然辛苦，但依然要选择滚烫的人生	169
即时满足的快乐不是人生的解药	174
生活能治愈的人，往往是愿意自愈的人	178

第五章

世间所有关系都是场博弈，每个人都是仓促上阵

世间所有关系都是场博弈，每个人都是仓促上阵　　185
有毒的亲子关系，以爱之名行控制之实　　189
夫妻关系，要想融洽，必先自洽　　194
对孩子真正的爱，不应该是剥夺　　198
不要让孩子背上爱的包袱　　201
婚姻的新鲜感，其实来自更好的自己　　206
好好吃饭、好好做饭的孩子，自有力量　　211
平衡的夫妻关系，才是最长久的　　216
妈妈要狠狠地对自己好　　220
愿你与世间的美好不期而遇　　224

第一章

你要让你心中的

　　那团火持续燃烧

接受自己的普通，然后全力以赴地出众

蓑依

有个读者给我写信，问："蓑依姐，你觉得我们应该接受自己的不完美，还是要改变？"

这个问题，如果抛给 20 岁的蓑依，她一定告诉你："当然要接受自己的不完美了，没有一个人是完美的，不要和自己过不去，更何况很多你认为的不完美，其实很酷。"

但如果你把这个问题抛给 30 岁的蓑依，她会坚定地告诉你说："能改变就一定要改变，因为调整自己是不值得一提的事儿，让自己发生变化，本身就是一件幸福的事儿。"

不是蓑依变了，而是蓑依的衡量标准变了：20 岁的蓑依靠的是审美标准，30 岁的蓑依靠的是阅历。

我本身是一个脾气不太好的人，早期和男朋友相处的时候，甚至叫嚣："我就是这样古怪的性格，你能接受就接受，不接受就算了。"但到了在一起三年的时候，很难想象，我成了一个脾气温和的人，哪怕发生再鸡飞狗跳的事情，莫慌，我会很镇定。

这中间的过程就是我一直在不断地调整自己,除掉内心的小我,把他的生命也包容进去,因为我渐渐懂得:未来我的人生注定离不开他,那就不要把他推出去,我来改变好了。

所以回到最初的那个问题:我们应该接受自己的不完美,还是要改变?

我会给你三种答案,分别从不同的视角切入,你可以在其中,找到你最舒服、最能具体实践的方式。

第一个答案是:
这个问题不应该是选择题,而应该是顺序题。

有一天,我去朋友家吃饭,她亲手给我做了一些饼干,我惊讶她的手艺如此之好,她却告诉我:"别提了,整个过程还挺折腾的。"原来这些饼干按照正常的做法出来表面应该是平整的,但没想到这一次却有很多的泡泡,她只能继续涂糖霜,凹的地方多涂一些,凸的地方少涂一些。

我听她说这些的时候,脑海中就闪现了一个念头:这多么像我们的人生啊。因为不完美,所以才有了改变的开始,我们才会去寻找解决方案,寻求一个接近完美的方式。

我相信没有女生会接受自己做的蛋糕缺个边边角角,但大家也一定是先做,再慢慢调整;也没有女生去做陶艺的时候,能接受陶面上的大量瑕疵,下一次再做时一定更谨小慎微,倘若我们对待饼干、蛋糕、陶艺都能如此这般先做、再进行修缮的话,为什么对待人生时,这还是个选择题呢?只是顺序问题而已。

我们经常说，小孩子才做选择题，大人都要。我们既要接受自己的不完美，也要用解决方案去朝更完美的自己迈进。完美的正确实现路径，不就是"完成—完善—完美"吗？

第二个答案是：
成为完美的人很难，但做完美的事儿相对简单。

说实话，每次被问到这种人生大问题，我都很发怵，因为它太大了，漫无边际。大问题往往没有答案，反而是你去请教别人小问题更容易获得解决方案。

如同这个问题一样，我认为完美的人这个概念太大了，对大的问题进行拆解，拆解到它最本质的东西就好了，那就是——完美的人，都是由一件件完美的事儿塑造的。

我非常崇拜一个报社的总编辑，也是我进入媒体行业的领路人，认识很多年了，依然觉得他非常完美，让人有一种仰望感。我一直在思考这种仰望感来自哪里，慢慢地我发现：其实就是在一件件我和他接触的事情上累积的，因为这是我和他唯一连接的通道。

有时候一篇稿子写到我要崩溃了，觉得自己最大的能力也就那样了，发给我的领导，领导觉得不错，就继续上报，到了他那里，我总是会收到他详细批改的哪些地方有问题，哪些地方需要查更多的资料。他是总编辑，其实用不着一个字一个字地去抠，但他就是这样做了。

这种对完美细节的死守，让我觉得他是一个完美情结很深的人，也许事实可能不是，但是我以后再给他任何东西，我都很小心、很认真。

著名球星乔丹给科比分享过一个感受，说在精疲力竭的时候，你继续努力训练就会发现：有那么一会儿，你感觉时间变慢了，周围的人像是在做慢动作。

这句话很长时间以来都萦绕在我的脑海中，我一直在琢磨这句话背后的深意是什么，到现在我浅显的理解是：当你筋疲力尽还要继续训练的时候，你就是在做一件完美的事儿，而完美这件事本身，会让你放松下来，你会进入到一种"禅定"的状态。就像武术里面讲：当你练到一点力气都没有的时候，就是你肌肉最放松的时候。

把事情做到极致，做到完美，你整个人就都盛开了，都定了，也是成为更完美的自己了。

第三个答案是：
其实重点不是完美，而是你希望自己拥有什么样的状态。

"完美"这个词很虚无，放在每个人身上，都是不一样的。有的人认为完美是别人都喜欢我，有的人认为完美是我充分接纳了自己。在我看来，大家不要被"完美"这个词捆绑，你不需要紧紧盯着"完美"，你只需要让自己成为想成为的自己，就足够完美了。

心理学上有一个著名的定律，叫作耶克斯—多德森定律，讲的是压力程度和实际结果之间的关系像一个倒 U 形曲线。当压力处于中等强度的时候，表现是最好的，如果压力过大，就会让实际效果不佳。

你看，不是压力越大，给自己设定的目标越高，你就能越趋于完美，重要的是得适合自己，成为自己喜欢的最重要。

就像我，从来没有想要成为著名作家，就是想要成为一个一生的记录者和思考者，如果有幸能让更多的人看到我的思考，并且愿意和我一起写作，我就觉得是我理想完美的状态。不是要获得诺贝尔文学奖，也不是要成为经典作家。

我很喜欢一句话：这个世界从不为难你，让你为难的是你对这个世界的解释。"完美"没有为难过你，让你为难的是你对"完美"的理解，以及因此而被捆住的手脚。

我们都是残缺的月亮，接受自己的普通，然后全力以赴地出众，你终会散发出闪耀的光。

如何成为 20% 的少数人？

蓑依

过去的一年多，一直在做在线教育相关的工作，非常明显的感受之一就是，这个世界上绝大部分人永远都只会是普通人，不是因为他们笨，也不是因为他们起点低，只是因为他们已经习惯了普通人的思维模式。

我做了一个年度的写作营，每个人开始报名的时候，信誓旦旦，充满力量，甚至有人提出问题：能不能要求每天写一篇啊？5 天写一篇太慢了吧？但是一个月之后，倒下一批；半年之后，倒下一批；一年之后还剩下很多人，但是其中只有最多 20% 的人保持了优质的创作，大部分人交作业都是敷衍了事。

意大利经济学家帕累托讲过一个大家熟知的定律——二八定律，社会上 20% 的人占有 80% 的社会财富，甚至有经济学家站出来说，这个定律已经失灵了，因为贫富差距的比例可能要超过 1∶9 了。

其实何止财富分配是如此的不平衡，世间的万事万物，都遵循着二八定律，好的结果永远只属于 20% 以内的人。

接受自己的普通，然后全力以赴地出众

那就有一个问题：我们如何才能成为 20% 的少数人呢？

我不知道自己算不算，从内心来讲，我觉得我是的。为什么这么说呢？给大家讲个小细节。我一直有一个想法就是招募一个和我一起做内容的人，亲自带，支付足够的费用，但在我身边，几乎找不到一个，原因是我和很多人聊过，几乎没有人愿意吃这种苦。

我是一个内容生产者，每天的工作大致分为三块：一块是出版内容，也就是我要写书；一块是课程内容，我要备课，做一些体系课程；一块是自媒体内容，在多个自媒体平台发表相应平台受欢迎的内容。我每天的内容输出量，如果不算资料准备，只算写出来的字数，大约是在 2 万字以上，至少过去的三个月，每天都是如此。

也许有人会觉得 2 万字，我也可以啊，但你做三个月试试，也就是你要生产至少 180 万字的内容，先不说质量好坏，只说打字，三个月打 180 万字，你愿意尝试吗？

你很可能会说愿意，然后在第一周结束的时候来找我：亲爱的，我不想做了。这就是现实，这也就是我觉得自己有竞争力的地方，也就是我从内心承认自己是 20% 的少数人的原因所在。你们不想做的、看不上的，我乐此不疲。

基于我的经验，尤其是我"自以为是"地朝 20% 人群狂奔的经验，分享给你三点，我觉得成为 20% 的人你一定会用到的方法。当然，这些话是废话，因为 80% 的人不会照做。

方法一：去结交 5 个一直在朝 20% 人群努力的朋友，和他们保持亲密互动。

美国杰出的商业哲学家、成功学之父——吉米·罗恩，他曾经提出著名的密友五次元理论："与你亲密交往的 5 个朋友，你的财富和智慧就是他们的平均值。"

我还记得一个学员想要跟我学习写作，我看了她的文章之后觉得挺不错的，鼓励她继续写下去，她却哭着告诉我："老师，我好感动，你是唯一一个认可我的人，我身边所有的人都在说风凉话。"我说："你的圈子是有问题的，想办法去改变一下这个圈子，哪怕就是在网上社群中找一些爱写作的人和他们成为线上朋友呢？"她直接告诉我说："我的圈子就这样了，改变不了。"

是的，你的确是改变不了，因为你的圈子里面没有一个人想要这样改变，你也潜移默化地被灌输了你无法改变的心态。

雅虎前高管蒂姆·桑德斯说："你的社交圈就是你的净值。"你值多少钱，看你身边的几个朋友就知道了。如果他们都是 80% 里面的底层，无论你怎么想努力，他们都会用一只大手，把你拉回到原点。

方法二：把做每件事的标准都提高到 20% 以内。

这也是我一贯的理念，是我的人生观。

你想要成为 20% 的人，你做每件事的标准都要在 20% 以内。我是一个写作者，常规认知是我只需要在写作领域里面做到 20% 就可以了，但我清晰地知道这完全不够，因为我的起点低。

有时候和男朋友聊天，我都觉得我们不是生活在同一个世界，他在很小的时候就吃肯德基，喝牛奶，去外地旅行。而我在大学临近毕业，来北京考研复试的时候，才在北京火车站第一次吃到肯德基，我大学所在的地方那时候连肯德基的门店都没有。

当然一个门店不能说明什么问题，但不得不说，就是起点低，很多没经历的、没见过的事情，都要在几年之内迅速完成，你不得不对自己有更高的要求。

于是，除了写作要成为 20% 的人以内，读书也要成为 20% 的人，所以我做了 5 年的阅读课，每年至少读 200 本书；考试我也要进入 20% 以内，从小成绩在班里没有出过前 10 名，考研的时候必须要考文科最好的学校北京大学，因为要成为 20% 的人，哪怕最后没能得偿所愿，但标准没有变过；工作也要进入行业内 20% 的单位，于是去了央视和北京卫视的节目组；现在在北京生活，收入也要进入 20%，虽然这非常难，但标准在这里，全力去奔跑，哪怕不能完成，至少会越来越接近。

20% 不是和别人比，这是你的人生金线，你不允许自己以任何借口丧失准则。

方法三：倒用二八定律——80% 的精力花在核心事情上，才能成为 20% 的人。

我特别佩服朋友圈的一些朋友，一个月大致会学习七八样知识，报名了理财课、形象课、插画课、阅读课、写作课、英语课，等等，是真的拼，但也是真的效率低。

我这两年集中在做写作领域的创业，本科、研究生期间都读的是与文学相关的专业，小说、诗歌、散文全都写过了，我觉得应该没有什么问题可以难倒我吧，可是当我系统地备课的时候，发现大片大片的空白领域需要我去填补。

于是，我买了大量的国内外写作书籍，一点点做笔记，应用，形成自己的系统，有时候会觉得自己像个小学生，怎么还在做这样初级的事情呢？可是就是这样初级的事情，我以为我会了，一讲课发现还是不行。

任何一个领域，只要你花费 80% 的精力，连续深耕 1 万个小时以上，基本都能成为 20% 的人。我帮你算了一下：如果你在工作之外，每天花费 3 个小时深耕，1 万个小时大概需要 10 年，你要埋长线。

著名的网球运动员阿加西在他人生最后一次网球赛事结束后，接受记者访谈，记者问他："如果一位 16 岁的青少年选手向你讨教经验，你会向他说些什么？"

阿加西说："把每一天看作是变得更好的机会，在球场外也是如此。"

这句话也送给你，你真的每一天都在让自己变好吗？如果是，请放心，你一定是那 20% 的少数人。

做正确的事儿，而不是容易的事儿

蓑依

看知乎的CEO周源老师采访，主持人问他：你的人生格言是什么？他不假思索地说："人要做正确的事儿，而不是容易的事儿。"的确，知乎在互联网平台争夺流量的大潮中，确实没有去做容易的事儿，比如用补贴来留住头部用户这种司空见惯的方式，他们绝对是不做的。他们在用自己认为正确的方式来坚守自己的内容底线，这也是很多人愿意在这个平台上深耕的原因吧。

只是正确的事儿往往比较难，从人成长的惯性来说，大家还是会习惯性地选择来做容易的事儿。过往三十年，我觉得我做的唯一一件容易而非正确的事儿就是去了某家公司工作。依然要说这家公司非常好，但是对我来说，它太容易了，顶着媒体人的光环，以及过去掌握的底层逻辑，非常顺手地就能拿到高薪，领导赏识，工作顺利，但是这绝对不是正确的事儿，以至于在写这篇文章的当下，我还在为这件事买单。

虽然区分"正确的事儿"和"不正确的事儿"是一件异常艰难的事情，但根据我的经验，给大家分享我觉得"正确的事儿"得满足的三个条件。

第一个条件：它能让你的价值观扎得更深、更坚定。

比如我过去二十多年形成的价值观就是天道酬勤，得靠勤奋才能获得一点收获。但如果一家公司给我的价值观是，只要方法对，只要你能打动别人，你就能赚到钱，那就说明它和我原本的价值观是相违背的，我的价值观是"慢"，而它的价值观是"快"，这种情况下，就可以断定这件事对于你来说，不是一件正确的事儿，但也仅仅是对于自己来说，因为对于别人来说，也许是适合的，是正确的事儿。

因为我的价值观是"慢"，所以现在所做的事业就很"正确"，因为每一天通过别人的反馈，我都对此更坚定，不着急，慢慢来，甚至开始相信"慢慢来，才是最快的方式"，也就是它让我的价值观更加坚定了，这就是正确的事儿。

在年轻的时候，我们经常会说一个词——"价值观碰撞"，但这个词后面应该还有一个词，叫作"价值观选择"。价值观碰撞了，然后呢？不能一直让它们碰撞吧？总得选择一个吧，你选择的那一个，基本上就决定了你做的是否是"正确的事儿"。

我的建议是别轻易否定你的价值观，你的价值观里有的知识、经验和情感，它们很珍贵，别轻易说不要就不要。

第二个条件：这件事得经得住时间"熬"。

与其说经得住时间的"熬"，不如说"正确的事儿"得经过时间的检验。短时间,是看不出一个东西的好坏的。

现在知识付费这个行业非常火,我也投身其中,之所以面对激烈的竞争,不慌不忙,不是因为我多有格局,而是我知道:时间就能帮我筛掉一部分竞争对手。

我身边有很多做知识付费的朋友,今天做个人品牌领域,明天做读书领域,后天做文案领域,有时候如果不点进她的头像去看,我都不知道是不是一个人。结果往往就是这个人什么都做不成,她一直在做容易的事儿,尤其是容易收钱的事儿,但不是正确的事儿。

我有一个朋友本身是作家,却选择去了一个家居赛道做博主,依靠她的聪明,当然是赚到了很多钱。有一次我和她聊天,问她做博主的感受如何?她说:"特别担心有一天醒来不想做了,一个片子都不想剪了,因为现在全部靠单一的赚钱力在支撑,总觉得很脆弱,不是在干正确的事儿。"

我安慰她说:"没关系,你现在做的是相对容易的事儿,靠这两年多多赚钱,之后再做你喜欢的编剧就可以了。"她瞪大眼睛问我:"你觉得两三年后,我再进入编剧行业,还有机会吗?"

这个问题的确给了我答案:人生看似可以先做容易的事儿,后做正确的事儿,但真实的生活是不会由着你选择的。编剧行业两三年足以培养出比她更好的人,她基本上回不去了。更重要的是,她的心态已经很难接受编剧行业的高压环境,赚多了快钱,再赚难赚的钱,赚不了了。

有时候我会觉得"熬"这个词特别有力量,我们也许很多地方都不如别人,但只要比别人能"熬",总会有一条更好的出路，换句话说，它是我们最后的捷径。

第三个条件：真正利他，让别人发生改变。

前两天，我去拜访一位前辈，我告诉她："我今年最大的改变就是在以无条件的利他来爱别人。"我觉得这是我非常大的进步，很值得分享给她，让她看到我的成长。她微微一笑问："为什么会有这种想法？"我也很坦然，说："因为无条件爱别人，自己没有要求，就不会受到伤害。"

她依旧微微一笑，说："其实，你可以更进一步地去想，我们的成功都是别人给的。就像你好像写书，销量都不错，都会相对成功，但这并不是你的成功，而是正巧读者需要你的书，你才会成功。你想想你的财富、名望、声誉，都是你自己产生的吗？不是吧，都是别人给的。"

这应该是我 2021 年的"特殊时刻"，我永远会记得那个下午在她 21 楼的茶室，特别淡定地给我讲出这番话时，我内心的翻江倒海。我是多自大多自私，说出利他是为了不让自己受伤害，事实上没有利他，何以有我今天的成绩。

什么是正确的事儿？正确的事儿一定包含利他，如果你做的事情都是为自己，肯定做不好。这也就是所有成功的创业者在总结他们的成功经验时，一定会说那句话：我做的这件事是为了解决别人的某种需求，产品只有满足别人的需求才能卖得更好。做事都是如此，你要处理好与别人的关系才会让你的事有成功的可能。

这个社会中处处都是"二八定律",一个集体中前10%—20%的人可以向上攀升,剩下的人遇到天花板。无论是什么集体,无论是底层还是精英,概莫能外。假使我们想要本该属于自己的那个位置,就记得做选择的时候,选择那件正确的事儿,而不是容易的事儿。

你要让你心中的那团火持续燃烧

袭依

和一个做线上教育的同行一起吃饭，他非常苦恼地问我一个问题："我每次发朋友圈，都很少人点赞，我都坚持不下去了。"

我很开心他能够和我聊这么细致的问题，不是场面话，同时，我也很乐意给他一些建议，因为我也曾经经历过这样的心理关卡。

对于我们这种做线上教育的人来说，创始人的朋友圈早就不是个人财产，不能你今天发自己难过了，明天发自己伤心了，大家都会通过你的状态来认识你这个人，它是一个非常直接的社交名片，也是一个很重要的自媒体。

既然是自媒体和企业的公共财产，就可以理解为它是公司的产品。比如说你们公司生产了一支蜡烛，你不能保证所有看到过它的人都买，但你能保证的是让你的这款产品在你的朋友圈持续曝光，一次没人买，两次没人买，一百次之后也许就有人买了。

所以是否被点赞，点赞多少，都不能作为"产品"的检测标准，它唯一应该有的标准就是曝光量又增大了吗？如果增大了，就够了。

这是从很底层的角度来说的，但我还想和他分享更情感化的层面，就是别人是否点赞，别人是否关注，别人是否转发，都不应该影响你的坚持，你不应该把它放在心上，因为你做的这件事在别人那里只是经过一下，而在你这里，是全部。

早些年，我做过一个很有意思的实验。我在朋友圈发布了我对读书及对生活的一些思考，多少有点悲观失落的成分，这些点赞的概率非常小，但如果我发了和哪位明星的合影，或者哪位大佬对我说了什么话，或者我取得了什么成绩，点赞的人都超多。

朋友解释这种现象就是，没有人希望你好，而你好了之后，都想靠近你。

当你大致感受到了这种人性之后，你就知道，你要做的就是让自己心中的那团火持续燃烧，无论外面是狂风、暴雨，还是艳阳高照，肆无忌惮地燃烧，恣意地燃烧，直到野火燎原，横扫一片。

听起来很酷，但怎么做到呢？我分享我的四个很现实的感受：

1. 去结交高能量的人。 很多时候，你会怀疑自己，是因为你处在比你能量低的人群中，人群不匹配，会拉低你的能量值。反而是能量高的人，希望你好，希望鼓励你，因为他们深深懂得：利他就是最大的利己。

2. 只用目标来驱动自己，不用情绪。 比如你给自己设置这个月的营业额是 10 万，那就拆解目标，聚焦目标的达成，这中间用什么办法、有什么情绪都可以忽视，只要目标达成就可以。强烈的目标感会激发一个人的斗志。

3. 要告诉自己：你本来就是少数人。 "二八法则"很准，任何事情都是 80% 的人会被淘汰，只有 20% 的人被留下，但你要记得，你要做那 5%。你的目标从来不是 20%，而是 5%，在这种情况下，你很容易找到做人做事的坐标。

4. 在商业场景中，你没那么重要。 随时随地调整自己，别人对你怎么样一点都不重要，重要的是你的结果、你的企业、你的战略。你在这个时候就是个工具人，工具人就不要在乎面子，只在乎这个工具能够带来多大的生产效率。

也许最后还得加一条：所有容易受到伤害的，只是因为受到的伤害还不够多，再多一些，你就会发现：我怎么还关心朋友圈点赞这种问题？那时候可真幸福呀。

别抱怨，这世界很公平

大脚

我亲自招来的运营助理还没过试用期就被离职了。

一个月前，入职面试时我跟小方沟通过，她的工作除了协助运营，还要兼做新店的客服，下班时间也要把客服号挂起来，有人咨询就要回复，前期咨询量少，就没有额外补贴了，当成工作的一部分就好了。小方当时很爽快地答应了。

可是两周后，我在后台看到客户的咨询没人回复，翻看记录才发现小方自入职以来，一次也没有在下班后登录过客服号。我立刻提醒她下班后要挂起客服号回复信息。小方依旧回答说好的，但是晚上却给我发了一条信息："晚上挂客服有补贴吗？我下班也有自己的事情要做，没有补贴不能挂。"

我有点恼火，明明之前谈好的！所以我很不悦地回复她："之前就跟你说过没有补贴，如果你不想做直说，我找其他人来做。"

小方也不甘示弱地回复："这是你开我，不是我要辞职！"紧接着我就收到她老公发来骂我的语音信息，说我这样的主管根本没资格带人……

原本还在为刚才冲动说话而内疚的我,听完后彻底怒了。第二天我马上向公司说明:我所主管的部门,都不会再要她,她可以选择调岗。公司其他部门管理者得知这件事的始末,也纷纷婉拒了小方。她就这样被离职了。

说实话,我并没有因为她的失业而开心,因为这其实是一个两败俱伤的结果。我的言行失误极有可能对公司造成影响,为此,我也内心担忧,压抑负重了好几天,而小方在这个节骨眼失业,估计年底之前很难找到福利待遇同等条件的工作。

这个世界其实很公平,每个人都要为自己的行为付出相应的代价。有时候我们常常感觉做人做事总是不顺,觉得自己总碰不到美好的人和事,其实并不是别人眼瞎或者老天故意整你,而是因为你自己做得不够好,他们都在躲着你。

大学刚毕业,我去到一家垂直网站分站做编辑,当时公司一个做策划的男同事与总经理相处得非常不好,准备跳槽,并且已经面试好了对手公司的总站编辑。总经理经圈子得知后,心生恶念,他让我给对手公司的行政打电话说,准备跳槽的男同事在我们公司还没有办理完手续。

当年单纯的我并没有多想,便打了这个电话。一个小时后,这位男同事给我打电话,狠狠地骂了我:"我真没想到你是这样的人……"言语难听至极,并迅速把我拉黑,也让其他之前玩得好的同事都将我拉黑了。我当时百口莫辩,委屈过,哭过,为自己背负骂名而耿耿于怀。

半年后，我也和总经理闹得很不愉快，就从这家公司离职了。后来，我得知那个总经理，最终也因管理不当而被公司开除了。

生活里没有如果，多年以后我在复盘人生经验的时候，还是会忍不住想，如果我当时心存正念，拒绝总经理不打那个电话，我不会因为一个电话搞丢同事的一份好工作；如果当时我有清醒的价值判断，明白内心阴暗、喜欢背后搞鬼的领导不值得共事、追随，我就不会有一段不愉快的离职经历；如果这个总经理明白真正的管理者要大度赢人心、要能团结比自己更强的力量，他就不会落个众叛亲离、被公司开除的下场。

直到现在，那个男同事骂我的话还经常出现在我脑海里，我为自己当年的无知和没有原则而自责不已，也深知做过的错事、给出的伤害，即使已经时过境迁，扪心自问，也很难释怀。

你选择的路，做过的事，都将成为你的因，也终将造就一个果。回顾往事，是坦然无愧还是心有戚戚，是从容大度还是耿耿于怀，其实早在蝴蝶扇动翅膀的刹那间就埋下了伏笔。所以，这一切都很公平。

前几年，《三十而已》这部剧火遍网络，剧中人许幻山和林有有的出轨风波被无数网友诟骂，恨不得冲进荧幕里手撕林有有，很多人被顾佳的勇气所折服，也为她去承担公司风险卖掉豪宅而惋惜。

剧的结局，许幻山在监狱里面思过，林有有带着满身的伤痛回到自己的城市。而顾佳，放弃了人人羡慕的豪宅和学区，只身带着儿子离开了上海去小地方种茶。很多人为她不值，认为编剧没有给她一个更好的结局。但是，我却觉得这是顾佳浮沉人生后的一种归隐，是给她安排的最好的结局。

远离爱马仕的攀比，让自己不再为一个包包而绞尽心机；远离好学区的内卷，让孩子在一片自由的天空下成长。她放弃的是尔虞我诈的圈子，得到的是心灵的安宁。

命运所馈赠的礼物，早已在暗中标明了价格。你想要的越多，注定要承受越多的痛苦。你耍心机种下的因，就得自己舔舐这苦果。这一切都很公平。

这几年我身为公司的管理层，我知道很多离职的人对我不满，背后说尽风凉。初时，我为别人对我的误解伤心痛哭，几欲解释又无所是从，所以，也只能将满心的委屈吃进肚子里。

再后来见得多了，我知道一切都不可避免，员工与主管之间的矛盾永远都不可能调和，我很感激在上个公司我遇到的主管，当我下面的人来向他告我状的时候，他跟那位告状的人说："你为什么对你坐在隔壁的人没有意见？因为他跟你没有业务关系，你对主管有意见，那是因为她对你有要求。"

后来的管理之路，我渐渐走得坦然，我不再为员工的背后议论而耿耿于怀，不再为别人的冷嘲热讽而心生困顿，我知道，我拿着比别人高的薪水，就得承担比别人多的委屈和责任。一个人想要被所有人喜欢，那得失去多少特点和锋芒啊。

你看，所有云淡风轻的结果都有一个负重前行的过程，别抱怨，这世界真的很公平。

当你不被要求时,就是你被放弃了

大脚

公司周六是9:30分上班,小张又迟到了半个多小时,这是她这周的第六次迟到,每次都超半小时。小张来公司一年,迟到是常事,做事情也不灵光,交代下去的事情也一直拖延,不催基本不会有结果。以前,我会找她谈话,期待用"过来人"的说教把一个迷途的孩子拉回来。但现在,我没再找她谈话,用沉默代替要求。因为等下周新来的人熟悉工作后,我马上就会让她离职。

是的,当你被放弃时,是不会有人对你提意见的,也不会再对你有要求。因为事不关己,多说徒劳,那就彼此成全吧。

记得大学毕业后不久,我从一个垂直网站的小分站成功跳槽到一个规模比较大、福利待遇也很不错的网站总站当编辑。

但是我入职后,主管我的销售老大,却始终对我视而不见,她不安排我做事,也不找我沟通工作,所以入职两周的我,都处于无所事事的状态。那时年轻有冲劲,一腔热忱被打击得七零八落,那种没事干、不被重视的空虚时刻包围着我,我感觉自己被边缘化地无视着。所以一个月后,我便提了离职。

我的主管在我提交离职申请后,终于找我面谈了。她说:"我最近很忙,我也不知道给你安排什么工作内容。"聊到最后,她说了一句:"我以为你是××招来的人。"

我才知道,原来我一进公司就是她的假想敌,是竞争对手安排进来的人。所以她不给我安排任何工作,也不与我进行任何沟通,入职第一天开始,她就晾着我,等着我耗尽耐心自行离职。

其实我没有通过任何关系进入公司,我靠的是自己的经验和实力。所以,听到她说这句话的那刻,内心仿佛被扎到般疼痛,只能强忍着让眼泪在眼睛里打转。我第一次明白职场既有让人热血沸腾的一面,也有冷漠无情的一面。

此刻,我也特别清楚自己放弃小张的无奈,我对她的毫无要求,其实透露着我的冷漠和事不关己。因为不出一个月,她就要离开公司,我也不再与她大谈职场经验,去打动她和要求她了。

当我也从一个基层员工走到管理岗位时,我更明白了,一个领导愿意花时间给你说教,打鸡血,指出你工作上的不足之处,给你加任务,是因为他希望你能在此基础上更上一层楼,在公司这个平台上三方共赢,实现利益最大化。反之,领导对你的业绩不闻不问,对你的某些不恰当行为睁一只眼闭一只眼,很大概率是这个领导想放弃你了,不想在你身上浪费时间和精力了。

以前听过这样的说法,在婚姻登记所离婚的夫妻,那些哭哭啼啼在吵架、争得你死我活、依旧在抱怨对方的那一对通常是离不了婚的,因为他们身上还有太多的不甘和牵绊,还有着对彼此的要求。而真正离得掉的那一对,双方沉默以对,在排队中静待时间流走,对彼此不再有要求,不再有束缚,也不再试图挽留,因为他们深知任何情绪都没法影响对方,早就放弃了,不如从此一别两宽,互不打扰。

生活中的道理都是一样的。我相信职场上领导的要求,是希望你做好了,帮我解决这一摊子的事,我也会时不时地拉扯鞭笞你一下,一起求成长和发展。如果你不愿意,疏远和冷漠就是体面退场的结局。

所以身在职场,我们要让自己忙起来,主动挖掘自己的价值,在职场中被需要就是被认可。如果你能在不断的被要求里,不断精进自己,让自己无可取代,那么无论何时,你都不用担心自己被淘汰、被放弃。

不要一味付出式的自我感动

钟曼嘉

公司年终人才盘点,有人升职有人降职,还有人原地踏步,绝大部分人对于结果都欣然接受,只有老员工李可除外。

"这个月已经连续10天加班了,每次下班回到家,孩子都睡着了。竟然不在加薪名额里,气死我了。"在茶水间里,李可拉着同事抱怨。其实李可在工作上挺认真负责的,每回公司大型集训之前,她都要跟着加班到半夜,帮忙制作集训日程表、预订酒店和会议室、接待全国各地的学员,等等。但其实作为资深培训师,这些原本不属于她的工作范畴,这些是培训专员的工作。

李可性格软弱好说话,遇到其他同事的求助总是不懂得拒绝,好几次因为帮其他同事跑腿,差点耽误了自己的上课时间。虽然这次她又与加薪名额擦肩而过,但并没有人同情她。因为她做的工作都是重复性的琐碎事务,作为培训师,讲课的课件不合格,带出来的老师也是问题频出。没有做好本职工作,她做再多跑腿辅助的工作,也难以获得领导的认可。

职场从来不以苦劳论英雄，只看你有没有功劳。何况，有时候苦劳是对资源的浪费，原本是一件可以短平快完成的事情，你却做得又慢又长，浪费了公司的支出，也浪费了个人的时间。这种行为是用战术上的勤奋掩饰战略上的懒惰。

我的大学室友雅丽面容姣好，谈吐优雅，追求者众多。有人天天给她打热水送到寝室楼下，有人拿着花每天在楼下苦苦等待，有人每晚在自习结束护送她回宿舍，但这么多人她一个也没看上。

记得有一次闲聊中，她说："很多时候，这些男生感动的都是自己或者是那些围观的陌生人。"雅丽说，她要嫁的，不是这些只会表面上嘘寒问暖的人，而是能在关键时刻给她指点迷津、会开解她困惑的人。

后来雅丽嫁给了大我们两届的学长，两个人还一起考上了本校的硕博连读。正如陈数曾经在电视剧《谁说我结不了婚》中说："人和人之间，如果有长久舒适的关系，靠的是共性的吸引，而不是一味地付出和道德式的自我感动。"

无论在职场、爱情还是婚姻中，辛苦是最不值钱的东西。但是总有人拼命用努力刷存在感，但是就像小仓鼠跑轮子一样，累到筋疲力尽却始终在原地踏步。而之所以会出现这样的情况，是因为他们陷入了"习惯性辛苦"。面对所有的问题，他们都是选择"努力努力再努力"，但是从未思考过辛苦努力创造了什么价值。

记得我高中的同桌是一个很勤奋的男生，每节课上都在奋笔疾书将笔记本填得满满当当，生怕错过老师讲过的任何一句话。但每次考试，他的成绩都是可怜的五六十分。后来有一次我帮他梳理高中三年的数学知识，我才发现，他的脑海中，从来没有知识的框架，更谈不上底层逻辑，所以他付出了很多努力，却得不到想要的回报。

其实，无论是兢兢业业加班的李可，还是每天努力做笔记刷题的同桌，他们熬夜加班学习和躺着睡大觉的结果没有太大区别。导致这种结果的根本原因在于他们缺乏时间复利思维。

何谓时间的复利思维？时间是最稀缺的资源，应当把时间用在最重要、最能产生复利效应的事情上。复利效应在不同的领域有不同的名称，经济学家叫它"赢家通吃"，宗教学家叫它"马太效应"，互联网公司叫它"指数型增长"……用一句话来解释时间的复利思维，就是要给时间做乘法，让付出在未来的某一天获得爆炸式的回报。

一般人在制定清单时会问自己："今天最重要的事情是什么？"而有时间复利思维的人会问："今天做什么才会让明天更好？"跳出今天的圈子，想想明天，想想未来。

我身边有个学霸，从高考到考博成绩一直很好，他曾告诉我，作为学生，不应该只是单纯听课而应该思考这个知识点的底层逻辑是什么，这样才能更好地理解同框架下的知识体系。而他当上讲师以后，不是闷头上课，而是不断思考寻找到一种更好的教学法让同学可以更快理解并记住课堂上所讲的知识，他说这样明天他就能有更多的时间去传递更多的信息。

你看，每个人看问题的角度不同、出发点不同，思考的方式和解决方案也不尽相同。

有人说，我在公司的执行层，我的事情做不完，哪有时间思考。领英的 CEO 杰夫·伟纳，是著名的工作狂，但是他经常腾出一定的时间"什么也不干"，只是思考或者冥想，审视未来，思考改善业务的最佳方案。他认为这是提高工作效率的最佳方式。

如果实在找不到今天做什么才能让明天更好，不妨换一种思路——"如果我们只能做一件事，那会是什么？"太多的人因为想做的太多导致失败。未经思考的人生不值得一过，而我们要做的就是，通过思考和反省，让自己每天晚上睡觉时，都比前一天变得聪明一点，因为重复简单的辛苦是这个世界上最不值钱的东西。

你只是看起来很努力

小夭

昨天下班的时候,我跟同事沫沫一起走,听她吐槽最近的经历。

沫沫家今年经济紧张,她想学习理财挣点外快,于是报了一门网课。她每天下班回到家已经很晚,收拾妥当坐下来听课,差不多十点。听完音频课程,还要去专业的网站实操,做完这一套流程,已经凌晨一点了。

熬夜之后,第二天精神很差,沫沫工作时经常出错。上周开会时她走神,会议记录漏掉了好几个重要细节,交上去的文件被领导狠狠批评了一通。这几天年终绩效考评,沫沫被评了个"C"。这意味着她只能拿到一半奖金,和同级别的同事相比,她至少损失5万块。

我问她:"那你理财有收益吗?"

她更丧气了:"下班后太累,我强撑着精神学习,课程消化得不好,没敢真的行动。我这么努力,却两头不讨好,太气人了!"

我看着她唉声叹气，心里多有感慨。明知道精力跟不上，还要强行熬夜，完成任务式的学习不但没有让自己真正成长，反而影响了正常的工作。

这样本末倒置的努力，不过是自我感动罢了。

盲目的努力不仅无效，还会带来不必要的精力损耗。正如古罗马哲学家塞涅卡所说："如果一个人不知道他要驶向哪头，那么任何风都不是顺风。"

先思考再行动，这件事连小动物也明白。生物学上的"懒蚂蚁效应"说的就是这个道理。

日本北海道大学生物研究小组对蚂蚁群的活动进行观察，发现大部分蚂蚁都勤快地搬运食物，而少数蚂蚁却东张西望、无所事事。生物学家把这些不做事的蚂蚁叫作"懒蚂蚁"，并在它们身上做上标记。有趣的是，当生物学家断绝蚁群的食物来源时，那些勤快蚂蚁一筹莫展，而"懒蚂蚁"们则"挺身而出"，带领蚁群奔向它们侦查到的新食源。原来"懒蚂蚁"并非真懒，它们只是把大部分时间都花在了"侦察"和"研究"上。

在生活中，我们大部分人都在做勤快的蚂蚁，忙忙碌碌却收效甚微，无暇思考也不知改变。殊不知这无意义的忙碌，只会让人在原地打转。

不是熬满一万个小时就真的成了专家，不是完成努力的仪式就真的叫努力，衡量价值的从来都不是努力的程度，而是努力的方向和最终的结果。

我有个朋友做自媒体视频，分享化妆技巧。我曾经跟她反馈看她视频的感受："亲爱的，视频要活泼才行啊，你表情太呆板啦！在镜头里也不说话，只是干巴巴地展示化妆步骤，太枯燥啦！"

朋友回我说："我就是内向的性格，做不到活泼呀！"然后她还是一成不变地发着枯燥视频。一年多的时间，她发布了200多条笔记，但粉丝只有100来个。

我做过视频，知道一条五分钟的视频从文案、拍摄再到剪辑，两个晚上都不一定能完成。她这些视频笔记粗略算起来，怎么也花了一千多个小时。这么多时间、这么多心血打水漂，她一定是感到心痛的，所以才会来找我诉说没有流量数据的苦恼。但她从不抬头看路，只会麻痹自己沉浸在舒适区里，这样一个装睡的人，别人又怎会叫得醒？

做一只"懒蚂蚁"吧！抬头看路，远比埋头苦干更重要啊！

以前我读书，只知道逐字逐句地苦读，读不下去也硬啃，反正只要啃完，就算完成了任务。但是后来发现，读完的书说不出好的视角，也不知道怎样提炼素材运用到写作里，简直白读了。

后来我就寻找有经验的老师，加入一个阅读课跟着学习。老师分享的读书方法频频颠覆我的认知，我如饥似渴地跟着操练。读书过程中我注意寻找规律、提炼框架，提高自己的阅读速度和思考深度；读完一本书我不再束之高阁，而是回顾要点，通过查找资料把它延展成一篇文章；对书里凝练的句子强化记忆，把它们当作写作素材。这样练习了几个月，我从之前的每周硬啃一本书，提升为一周读三本，并且是读完有所输出的有效阅读。写文章也不像以前那样搜肠刮肚找不到可写之事，阅读中积累的素材可随意调取，写起来很自如了。

我是个结果论者，如果努力之后没看到结果，我一定会反思，是努力得不够，还是方法出了问题。勤奋本身不是意义，勤奋得有价值，才是意义。

很多人喜欢夸大努力的表象，也热衷于表演努力：第一天跑步，就自拍大汗淋漓的照片发到朋友圈，让所有人都知道自己在运动；明明是自己做事拖拉以至于熬夜，睡前也不忘拍个照，配文"我见过凌晨两点的夜空"。这样的表演只是自我安慰而已，但结果不会陪你演戏。不要虚假地自我感动，拿结果来说话才有意义。

在某个综艺节目上，演员韩女士的英文配音，一次又一次技惊四座。配《海绵宝宝》，发音标准，可爱之极；配《头脑特工队》，一人分饰八角，无缝切换；配《后妈们的茶话会》，语气节奏都堪称完美，看得现场观众目瞪口呆……后来，有节目特意采访韩女士，让她分享学习英语的过程，她说在拍戏的现场，别人休息时聊天，她戴着耳机学英语。她每天花两三个小时做英语老师布置的作业，为了学习，她删掉手机上的网游，不刷媒体新闻，把时间压榨到极限。两年如一日的严格自律，终于换来舞台上的闪闪发光，她用地道的英文配音征服全场。

不动声色地努力，用结果说话，才是努力的高级方式。

那些真正努力并得偿所愿的人，不会陶醉于自我感动，也不会装模作样表演努力。他们思考、选择，而后在日复一日的努力里，取得让别人望尘莫及的成绩。你是"看起来很努力"，还是这些努力真的变成了自己的能力？人生是一场旅行，有浓雾、有坦途，走哪条路及怎样走，都是自己的选择而已。

可做可不做的事,主动去做

海

前两天,我遇到了从前的老领导,询问了我现在的工作情况,她一边为我高兴,一边告诉我:"我就知道你可以走得更远。"

她说一直记得,当年我每天早上第一个到公司,就忙着扫地、擦桌子、烧开水。当时她以为我是初来乍到想表现一下而已,没想到我在公司待了5年,这个习惯也保持了5年。领导说:"虽然这些都是小事情,但是让我觉得你是一个踏实、勤快、不怕吃苦的小姑娘。后来,有什么紧急的任务,我也会第一个想到你,交给你,我也放心。"

领导的话,勾起了我的回忆。当时公司有专门的保洁阿姨,这些事情其实我可以不用做。但我已经习惯了每天早起,提前半个小时到公司,打扫自己办公桌的时候,也顺便把其他人的工位一块收拾了。有时候地上脏了,也会拿起扫帚把整个办公室扫一下。

原来,我做的那些可做可不做的小事,已经默默为我打开了一扇窗户。真正有实力的领导就是喜欢这种勤快、主动思考、主动找事情做的人。在职场中，低头做事并不会让你的才干被埋没。想得多，做得少，才会让一个人真正陷入险境。

斯蒂芬·柯维在《高效能人士的七个习惯》中讲到职场的习惯，第一个习惯就是要积极主动。这里的积极主动就是要从可做可不做的小事开始。这些小事可能没办法第一时间表现出你的能力，但是愿不愿意从小事做起，是态度问题。当我从一个大学毕业生走入一个新的职场，主动去做这些可有可无的小事，可以让我的心先沉下来，主动去融入这个环境，即使起点不高，但久而久之，适应了这个职场的节奏，我才能逐渐发挥自己的长项和价值。

不要小看这些不起眼小事背后的价值，它们恰好说明了你对生活有用心观察、动脑思考，而能把这些小事毫不费力地做好，还反映了一个人的统筹协调能力。

长沙的李阿姨在家附近的小区盘下了个摊位卖蔬菜。一段时间后，李阿姨发现这个小区里租住了很多上班族，他们和附近的居民不同，每天基本都是晚上7点以后才匆匆忙忙赶来随便挑个菜回家煮。

但这个点的蔬菜一般都是别人挑剩了的，显得蔫蔫的，不新鲜。于是李阿姨趁着上午空档时间，挑出一些年轻人爱买的蔬菜洗好、切好，分盒包装。为了照顾不会做饭的年轻人，她还会给蔬菜做一些混合搭配，附赠每道菜的烹饪方法，放什么调料，炒多长时间，都标得清清楚楚，只要拿回家按步骤就可以做出一道美味的菜肴。

以前来李阿姨店里买菜的年轻人也就十几个,后来李阿姨的举措为这些少数购买者解决了买菜的大麻烦,一传十,十传百,年轻人都跑到李阿姨这里买菜,每天傍晚,其他人已经收摊了,李阿姨的摊位还有三三两两的年轻人来买菜。

后来李阿姨还建了个微信群,有需要加工特殊食材的,想要定制减肥菜品的,都可以直接在微信上预定。李阿姨一下子成了附近白领圈里的名人。后来《人民日报》还专访了李阿姨的蔬菜店,十几万网友为李阿姨点赞。

人和人的差距就是这样拉开的。李阿姨是最平凡的劳动者,但是她对生活多了一些观察和思考,把小事做到极致,她也就成了卖菜行业的高手。

其实无论是过生活还是做生意,在别人觉得没有必要的地方多用一点心思,多花一些时间,多负一点责任,比你做大事更容易享受到付出带来的回报。

最近,在自媒体上刷到了一张令人感动的手绘地图。

这是北京京承高速路和北四环西路西南角一小块地方的交通图。这张地图的绘制时间是2014年,那时还没普遍使用智能手机,也还没有那么发达的导航系统。很多人还是会在北京四通八达的大路上迷路。

但这幅地图,仔仔细细地画了每一条小路、胡同的走向,标注了什么时间段哪条路不堵,有哪些小路可以走。精心绘制这幅图的不是官方的地图工作者,而是一位快递"老哥"——

窦立国。

凭着这张自制图,窦立国琢磨出许多独门小道,摸索出了很多避免拥堵的办法。他摸索出来的路,连在本地开了几十年车的老司机都不知道。他甚至清楚哪一条路有恶犬出没,以及各大公园广场舞的开场时间。所以,他能用最短的时间将快递送达到指定地点。

之后,窦立国从几百万的快递员大军中脱颖而出,晋升为分公司的管理者。

在所有快递员平均工资六千出头的情况下,他一个人5年赚了260万,不但在老家买了150平的大房子,还买了一辆奔驰车。

有人问起窦立国的高薪秘诀,他说:"把小事做好就成。好多人都没有把小事放在眼里,所以便丢了大事。"

没有华丽的辞藻,却道出了成功的真相。

有时候不得不承认,决定你成就的,不是出身、学历、环境,而是能不能把眼前的小事做好。这并不是简单重复地做一件事,而是在思考以后,比别人多做一点。吴军在《态度》一书中说:"把简单的事情做得出人意料的精彩,把小事做到极致,才能拥有赚钱的机会。"

做好一件小事的起点,其实就是良好的行动力。你不开始行动,你的世界就是寸步不移。而独立的人格、自信的态度、思考的习惯、不落窠臼的精神,这些就是行动力的来源,也正是因为这种强大的自驱力,让仅有初中学历的窦立国的能力边界不断扩充,从而实现了自己想要的目标。

忠于自己的是实力，不是职场老好人

加贝

临下班时，电话铃急促地响起来："小李啊，我的PPT出了点儿问题，快来帮我看看。"我心里一紧，王姐又来给我加工作了，说是要我帮忙，其实就是把整个PPT扔给我修改，她自己在旁边喝茶聊天。

最近几天，王姐经常在临近下班时间，让我帮忙做一些不属于我工作职责范围内的事情，而且每次不止一件事，导致我每天都被迫加班。我心里一百个不愿意，但是又不好意思直接拒绝她。我心里纠结着，这时脑子里冒出个声音对自己说："不要再做老好人！我又不是便利贴女孩！"我深吸一口气，拨了内线电话："王姐，今天身体不舒服，明天可以抽空帮你看看。"说完我快速挂断了电话，长长地舒了一口气，心里瞬间舒畅了不少。说出来你可能不信，这是我第一次在办公室对前辈说"不"。

总是顾全别人的感受却常常亏待自己，但其实对方并没有抱着百分百能得到帮助的期待。害怕拒绝会给别人带来伤害,这是自己给自己施加的压力。

这种老好人在心理学上被称为"讨好型人格",也叫圣母型人格。"在'圣母们'眼中,很多事情的优先级都高于自己,结果,支持了所有人,却让自己崩溃。"他们千方百计地顾全所有人,维护自己的老好人形象,但是那些委屈自己而得来的"好感"并不会长久,那些依附别人寻求的安慰也并不能得到满足。

最近的热播剧《女心理师》中的莫宇就是这样一个老好人。无论是同事请求代为值班、上班路上带杯咖啡,还是下班途中折回公司帮忙找一份文件,他从来不拒绝同事的任何求助。

有一次,新同事要请大家吃饭,顺便也请了莫宇。从来没有收到聚餐邀请的他受宠若惊,高兴地去做了新发型,买了新西装,甚至在出发前喷上香水。他开心地和外婆说,晚上有聚会,不用等自己吃饭了。但是来到预定的地点,包间里空无一人。他蒙了,怔了片刻,没有问任何人,便失落地回家了。第二天,他依然按照每位同事的口味,买了饮料。同事们笑脸相迎地感谢,但是转身脸上便表现出不屑。其实昨天是同事们故意换了地点,没有通知他。

莫宇毫无原则的帮助并没有赢得同事们真心的感激和尊重。因为一个人无条件地付出,别人就会习惯他所做的一切,不把他的付出当一回事。莫宇这么做,说到底是自认为能力不够、底气不足,只能用工作以外的退让和付出获得一份"认可"。

当一个人真正有实力、有能力时,尊重和认可自然就来了。

我的大学同学陈晨就是一位时刻保持职场清醒的实力派。

他是一名普通的工程师,负责电子产品的调试和客户使用培训,工作相对轻松,几乎不用加班,到下班点儿,同事们要么回家,要么组织去聚餐唱歌,但陈晨很少参加。他一般都会晚下班一个小时,研读产品的设计图和工作原理,如果需要上机调试,便会加班两三个小时。因此,他和客户对接时总能把复杂的机械原理讲得通俗易懂,很多客户都指名和他对接。

在一次重要的新品发布会前,大家都在紧锣密鼓地确认着最后的环节,调试产品的同事忽然喊了一句:"谁赶紧来看看,怎么调不出来了呢?"工程师们一拥而上,但大家都束手无策,因为调新产品还不是他们的工作内容。"我来试试吧。"陈晨边说边开始调。他对老产品的设计原理了如指掌,又提前研究了新产品的更新细节,所以他很快找到原因,熟练地拆开仪器,找到了同事接错的线。有惊无险,新品发布会按计划顺利完成了。陈晨做的一切也被领导看在眼里,同事们也都对他心生敬意,不久他便被提拔为华北区的技术负责人。

用人情做出来的捧场只是暂时的,用实力吸引来的认可才是长久的。陈晨深知这个道理,所以大家都为了增进感情参加各种聚会时,他没去,因为那没用。陈晨凭实力获得了职位上的晋升,也收获了同事们的羡慕和敬佩。

在综艺《初入职场的我们》中,有一幕给我印象很深刻,作为负责人的孟羽童,一开始想照顾所有人的喜好,不断因为其他成员的意见调整方案,为此纠结到深夜,这时一位同伴提醒她,作为决策者应该果断一点,不应该老想着怎么做才能不得罪人，领导者应该对结果负责任。

第二天，确定活动主题的时候，一个成员提出的方案不合适，她积极地给出自己的意见并拍板做了决定。布置会场时，男成员觉得别人可能会不赞同她的方案，孟羽童坚定地说："我是负责人，我会综合考虑各项因素再做决策。"当男成员说还有其他细节问题没有搞定时，她淡定地说："我来解决，给我点儿时间。"

在现场执行的她与前一天晚上犹豫纠结的她判若两人。没有再受老好人思维的干扰，而是在专业能力的指导下，果断抉择。

领导看的是结果，没有人会在意你的担忧顾虑。孟羽童一夜之间从一个纠结于人情世故的状态，调整到自信果断的状态，心无旁骛地发挥出了真正的实力。正是这种成长性和实力的展现，让评委看到了她的可培养性，最终她凭实力胜出。

工作就像闯关游戏，每个人都在暗自努力，一旦你分心，就会被别人顶替。游戏可以重来，工作未必。

时间是最宝贵的东西，把时间精力花在会让自己增值的事情上面，让自己变得更好，更有价值。唯有好好打造自己的盔甲，才能做那个不可替代的存在。

第二章

走着走着,

天就亮了

压垮人的，都是小事儿

知鱼

前段时间，在微博上刷到一个高赞的视频，浏览量超过一千万。视频中有一名女子，呆坐在地铁上，工作人员见她神情有异，过去安慰地摸了摸她的头。没想到，女子突然崩溃大哭，说："我已经连续加班一个月了，项目终于做完了，却不敢回家，因为怕在孩子面前失控，吓到孩子。"

我相信每位看到这个视频的职场人都心有戚戚焉。其实说起来，压垮成年人的"稻草"，都是些微不足道的小事：罐头打不开，牛肉面里的肉太少，堵车又不会用导航，刚做好的文件没有保存……作为顶梁柱的成年人，在这些鸡毛蒜皮的小事里节节溃败。

说起来都是小事，堆起来却是委屈。借用一句俗套的话就是，雪崩时没有一片雪花是无辜的，在心理学上，这叫作"累积效应"。一个人多次受到外力作用所产生的心理压抑，会在某次类似的刺激中爆发，这种爆发，即便不是狂风暴雨般的发泄，也会是悄无声息的崩塌，就像《82年生的金智英》中的女主角那样。

智英是个普通的全职妈妈，每天都有干不完的家务，带不完的娃儿。某天，她带着孩子在公园散步，孩子在婴儿车里睡着了，智英也终于有时间好好享受一杯咖啡。当她正沉浸在咖啡的香味中，耳边却传来几个上班族的冷嘲热讽："现在的家庭主妇真幸福啊，不用工作赚钱，每天就是喝喝咖啡，逛逛公园。"更过分的是，他们把全职妈妈称为"妈虫"，用一个极具侮辱性的词，把全职妈妈定性为家庭的寄生虫。就连智英因手腕过度劳损去看医生时，医生也认为："煮饭有电饭煲，洗衣服有洗衣机，至于会劳累成这样嘛。"外人的不解也就算了，就连同为全职妈妈的婆婆，也常常苛责她，安排她在家庭聚会时不停地做各种家务。一桩桩、一件件的小事不断积累，逆来顺受的智英没有爆发，可是她却病了，她常常自言自语。真正懂她的人都知道：在她的内心，有那么一块，已经被小事压垮了。

为什么这些小事的累积，会压垮一个看似无坚不摧的成年人？何炅在《朋友请听好》中说："事情不会压垮一个人，但情绪会压垮一个人。"而这些情绪，就来自于生活中无处不在的"微压力"。开会开得太久，工作不断被打断，做事遭到别人的质疑……这些看似转瞬就能忘的小事，其实并不会真的被消化掉。

据统计，我们一天大概会遭受20—30个微压力的冲击。科学家研究认为，微压力对人的心理影响会比重大生活事件对人的心理影响更大。当我们承受的微压力越多，我们就会越容易沮丧。这时的我们就像一只气球，情绪像空气一样，不断被打进去，只需要一个小小的针尖，我们就崩溃了。

记得刚开始工作的时候，因为对业务流程不熟悉，又害怕耽误项目的整体进度，我只能每天独自加班。遇到不会做的地方，也没有人帮忙，只能自己一点一点摸索。有一天晚上，为了做一个 Excel 表格，我又加班到了很晚，换行、冻结窗口、求和，这些基本的功能我都不会用，就连输入一个日期，都不知道它为什么变成了一串符号，想找人请教一下，抬起头才发现，公司里只剩下我一个人了。

我只好一边搜索用法，一边继续尝试。在经历了无数次崩溃后，我还是忍着眼泪完成了，然后急匆匆地去赶公交车。刚跑到车站，却发现要乘坐的那路车的末班车，已经悠然开动了。我着急了，撒腿去追，边追边用手用力地拍打车门，可是司机还是没有看到我，就那么开走了。我顿时彻底崩溃，不顾路人的眼光，蹲在地上号啕大哭起来，积蓄已久的情绪，终于决堤而出。

王小波说："人的一切痛苦，本质上都是对自己无能的愤怒。"

这些看似无关紧要的小事，在时刻提醒着我们，这不是我想要的生活。不管是职场上看似呼风唤雨的成功人士，还是兢兢业业的普通打工人，又或者是在吃喝拉撒的琐事中忙碌的家庭主妇，生活中，总有那么一件小事，让我们看到自己的无能为力。

　　我闺蜜每次崩溃到想摔手机泄愤时,都要摔在沙发或者地毯上,担心摔坏了,还得花钱买新的。

　　作为平凡的普通人,我们光是活着,就已经用尽了全力,更何况,我们还都是负重前行。每个看似云淡风轻的成年人,内心都已千疮百孔。即使想发泄,大脑也会用 0.01 秒的时间计算好成本。仔细想想,为小事而崩溃,也许是我们潜意识计算好的,因为这是最小成本的失控,而在大事面前,我们连崩溃的资格都没有。

走着走着，天就亮了

Min

一个人在床边的地毯上，呆坐了一会儿，想起一件往事。

大学毕业从学校出来实习那会儿，在一家小微金融公司找到了一份工作。说是客户经理，其实就是拉单的业务员。当时，住在哪里，每天三餐伙食费没着落这些问题迫在眉睫，顾不上考虑自己喜不喜欢这份工作，我只知道这份工作是我在这个陌生的城市生存下去的唯一寄托和支撑。

当时，刚入行，没有客户积累，公司也没有给新人任何可拓展的客户资源。带我入行的主管告诉我，可以做一些个人名片，写上公司业务和联系方式，甚至可以做一些车卡，在车卡的背后印上联系方式，然后到处去发，这样有需要的人看到了可能就会联系你。

就这样，我当真做了几千张卡片。我无论走到哪儿，包里都会放着这些卡片，走在路上看到路边有车子停着就会在后视镜的位置插一张，或者放在共享车的车篮子里。每放一张，心里都会多一份期待。尽管这件事如今想来更多的是在浪费时间，但那时候的自己真的是这么想的，不放弃任何一个可能的机会。

但插的车卡经常被同行收走，替换成他们的卡片，有时还会被保安驱赶，我发现这个方法行不通，有点走投无路。后来我想到一个或许可行的办法。那是一个周五的晚上，还是春天，乍暖还寒的时节，我决定通宵去发一些车卡。大概数了数自己手边的卡片和名片，觉得应该够了。我没有选择市中心，而是去了离市中心有二十公里的另外两个区。搭上公交车，看到哪片区域停的私家车最多，我就在哪里下车。

就这样，一辆接着一辆地把这些车卡认真放在后视镜的位置，确保夹住了不会被风吹走。从城市夜晚的华灯初上、车水马龙，到人群渐渐散去，夜开始安静下来，再到灯火暗淡。走在这偌大的城市里，只能听到自己的脚步声，看见忽隐忽现的影子在拉长又在变短，还时不时会遇到几只狗警惕性地朝我喊几声，一两个路过的行人朝我看了又看。我也没顾上那么多，所有的目光都积聚在路边那一辆辆车上，一心只想着能赶在新的一天到来前把包里带出来的卡片发完。

后半夜，越来越冷，可能是因为走了太多的路，人也有点累有些疲了，便找了个路边的墩子坐下按摩着双脚，有点撑不住便打了个盹，头靠着双腿的膝盖蜷缩了半小时左右后，就站起来继续干。

慢慢地，空气中的水雾气越来越重，头发开始有点湿润，但好在包里越来越轻，到天边开始翻起了鱼肚白，包里已经没有了卡片，只有手上的这些，走着走着，天也亮了，剩下的几张我也找到了它们的去处。这一个晚上走几十公里的路，三千多张的卡片发出去，希望能换来客户资源，哪怕只有一两个人联系我也好。

回去后已经上午 10 点多，躺在床上没有多少睡意，就在想这一夜的经历。谢天谢地，这一晚上除了身体的疲劳和酸痛，我没有遇到坏人，也没被人轰走，安全地迎来了日出的光。

也许是我的祈祷显灵了，运气非常好，那天的下午，就有人给我打电话了，说看到我留下的卡片，问我能不能做他这一单业务。虽然，那一单因为审核的时候，材料欠缺，没有做成。后来的几天，接连也接到了几个电话，在发出的三千多张卡片里，最终做成了四单，而因为这四单的业绩拿到了一大笔提成，是我实习工资的好多倍，于是我很顺利地解决了接下来几个月一个人在这个没有亲人朋友依靠的城市里所面临的生活成本问题，就这样留在这个城市直到现在。

这份实习工作，我做到约定时间满了就离职了，因为我知道它并不适合我，也不会成为我未来的职业方向。一个月后，我找到了自己喜欢的工作，并且做到现在依旧喜欢。

今天再次想起来这件事，没想到竟会黯然落泪，情绪有些失控。想到那个凌晨三点坐在马路边的石墩子上冻着打哆嗦的小姑娘，那个被黑乎乎的城中村突然冒出的大狗追着逃跑的小姑娘，落魄又勇敢。要不是那一个晚上，我想我的人生会和现在有些不一样，也许我早早地逃跑了，也许我今天应该就不在此地了，也许我会过上另外一种方式的生活了。

后来在某个夜里看电影《七月与安生》，七月妈妈对七月说，女孩子过得折腾一点，不一定不幸福，就是太辛苦了。但其实，女孩子不管走哪条路，都是辛苦的。触动了好一会儿，大概是觉得那个七月就是当年的我。初出茅庐，无所畏惧，铆足了一股劲往前冲，让后来的我回忆起来都不禁钦佩不已。

无论是好是坏，无论坚持对否，我现在更多的是感激，那个长长短短的夜晚，笨拙的坚持让我看到了光，夜晚的星星之光，还有新的一天的日出之光，这一切都弥足珍贵。

到现在，在经历了一些事以后，我也明白了，短的是人生，长的是磨难，每个人都有自己的夜路要走。但是，走着走着，一定会等到天亮，太阳会照常升起。

越是在黑暗中,越要用力拥抱自己

佳丽

一年以前,我被确诊为重度抑郁。

抑郁症最可怕的地方在于消极三联症:对自身、对世界、对未来的看法都很消极。觉得自己无比失败,事业、爱情都是一塌糊涂;觉得这个世界无比黑暗,未来毫无希望;生活日夜颠倒,无精打采,明明什么都没做却感觉非常疲惫;不愿意出门,不愿意工作,把自己一个人关在房间里,拉紧窗帘,分不清白天黑夜。

终于在 2021 年 8 月初,我忍受不了了,因为抑郁症已经让我完全吃不下,睡不着,于是我辗转找到了一个口碑很好的咨询师,开始寻求治疗。

见到心理咨询师,我说的第一句话就很丧:"我觉得自己很失败,觉得自己一无所有。"

咨询师说:"可以具体说说发生了什么吗?"

我平静地说:"毕业五年,我创业失败,感情失败,人际关系一塌糊涂。"

心理咨询师什么也没说，只让我回家把这五年的收获得失写下来。

那就写吧，管它有用没用，只能听天由命了。回到家后我开始回想自己五年来走过的路。

毕业时我要创业，满怀希望地给我妈打电话："妈，我想要开一家民宿，房子什么的都看好了，钱不太够，可以支持点吗？"

我妈一听就急了，说："你老老实实回来上班，别一天到晚在外面瞎折腾，你现在懂什么就创业！"听我妈不停地絮絮叨叨，知道向家里要钱是没戏了。

父母不行，只能厚着脸皮向朋友们求救，从来没有借过钱的我，犹豫了很久，鼓起勇气给自己十几年的闺蜜打了电话："英英，我看了个地方，我想做民宿，差点资金你可以借我点钱吗？"

英英问："你差多少？"

我说："至少还得20万，你能借我多少都行。"

英英爽快地说："我能借你10万，但得过两天给你转账，我得弄个手续取出来，只能帮你这么多了。"

挂了电话，我就哭了，心里五味杂陈。父母不帮我的时候，我觉得创业无望了，没想到在这个时候，却有朋友真金白银地支持我。想到这段经历，我的心里突然涌出一股暖流，无比感动。

我问自己，你真的很失败吗？如果你真的很失败，英英为什么要帮助你？当你觉得自己失败的时候，你也同时否定了英英的眼光！

这一问，仿佛是一道光，照亮了我的世界。

我的心理咨询师说："一个人的朋友是被她自身所具有的东西所吸引的，你身上一定有值得被信任和被爱的地方。"就这样，在一次次的自我反省中，我发现了更多的光亮：我帮助过别人的一件小事，客户给我的一番赞美，男朋友送我的一个特别的礼物……虽然都是很小的温暖瞬间，但是它们让我在黑暗的隧道里，挣扎着爬起来，开始往前走。

马未都说："人生想逆袭，先重新认识自己。"

认识自己不是从别人给你贴的标签开始，而是从你给自己的定义开始。你的自我反省，不一定非要反省自己身上的问题、缺点，也可以反省那些你过去没有注意到的温暖和爱。在我们反省和回望过去的时候，得到的力量，能让我们坚定继续努力的决心。

人生没有白走的路，每一步都算数。即便我们经历了重重磨难，只要你愿意停下来，往回看看，你就会发现在黑暗的世界，依然有光。

《基层女性》的作者王慧玲在19岁那年，为了摆脱家里安排的婚姻，连夜从大山里逃了出来。她来到上海，用几年的时间不断自我成长，自学了日语和英语，得到了在外企工作的机会。从最初的小保姆到后来的外企员工，她发现生活越过越好，但自己并没有因此变得开心快乐。

她说自己永远记得7岁的时候，妈妈用一根拴猪的绳子把她吊在横梁上打，打完继续吊在上面。她小时候常常被打得躲在树林里不敢回家，躲在床底下哭着睡着也是常有的事。她眼角有个疤,就是她母亲用石头砸的,差一厘米这只眼睛就瞎了。不幸的童年生活让王慧玲一直处在怨恨父母、怨憎自己的泥潭中。

于是王慧玲在32岁这一年开始学画画,她的插画基本是大幅的人像插画,忧郁的、沉默的、快乐的、拥抱的……某种意义上,这是王慧玲对自己内心的观照,观照内心那个痛苦的孩子。

不断往回观照,看见自己这些年来为过去付出的情绪代价,王慧玲才发现自己一直把快乐、痛苦、正确、错误建立在别人的判断标准上。王慧玲的插画安慰了很多和她一样的人,这个过程也让她慢慢找到自己的价值标准。现在她的一幅画能卖到上千元,可以称为一名真正的插画师了。

现在38岁的王慧玲,生活中除了运营自己的公司和社交平台,她把剩余的时间几乎都花在了挖掘人生的新爱好上。她告诉每一个女人:"一定要在二十几岁的年纪,心无旁骛地提升自己,重新教育自己。"不向外界的压力妥协,以独立为目标去成长,不给自己设限,王慧玲最后活出自己想要的模样,也是大众羡慕的女性的真正模样。

你如何看世界,世界就如何回报你。王慧玲曾经深陷在想要讨好别人的深渊里,却忘了好好抱一抱自己。当她开始反省自己,她学会了爱自己,她的人生从此发生了天翻地覆的转变。

没希望的情况并不存在,你生命中的每一个情况都可以改变,希望从未舍弃你,你要做的就是停下来听一听自己的内心,回头看一看自己走过的路,你就会发现自己的价值坐标,知道如何取舍。当你学会爱自己、拥抱自己,你就会照亮自己的世界。

理想与现实最遥远的距离，是在我们心里

常小六

半年前，我还是一个普通的上班族，虽然喜欢写作，但所写的文字仅作为内部通讯稿，还没达到能对外发表的水平。通讯工作的同事也曾隐晦地提醒，说我并不适合走文字工作者这条路。

可是写作是我从小到大的理想，我暗暗下定决心，要悄悄努力，把写作发展成一个小小的副业，用以偿还房贷。

4个月前，我开始培养自己关于写作的微习惯：每天早起10分钟静坐冥想，每天晚上看书40分钟，每天写300字的日记。

我非常喜欢《生化危机2》中的一句话：It won't change anything but it's a start.（虽然改变不了现状，但至少是个好的开始。）虽然理想无法一日达成，可最终目标都是从现实的行动开始的。因为现实是理想的起点，从此开始的点滴行动都是治愈焦虑的良药，而犹豫、拖延将不断滋养恐惧和焦虑。

想要更好的人生,就别怕从头再来

雪梨

32 岁,过了而立之年,我决定一切从零开始。

大学时我就读的是英语专业外贸方向,大学毕业后顺利进入工厂做外贸业务员。其间,我给国际检验机构做过工厂审核员、帮助国际品牌对接国内工厂的生产进度。工作内容已经覆盖到了一个外贸公司对外服务的全部业务。

做好外贸工作的同时,我还拿到了浙大和交大 MBA 提前批录取资格。如果顺利读完 MBA 拿到工商管理硕士学位,加上十年外贸经验和优秀的英语沟通能力,这些漂亮的履历足以使我在外贸行业获得一份不错的收入。

但看起来前途光明的一切,又好像哪里不对。我的工作收入虽然不错,但因为国内外时差导致的昼夜颠倒的生活让我时常头疼;外贸商品出货周期长,程序复杂,每一个环节都很复杂,一不小心就可能造成巨大的经济损失。这种巨大的精神压力让我几次想放弃工作。

犹豫和纠结之下,我给自己放了半个月的假,踏上了以色列的朝圣之旅。在走过大博尔山，看过加纳婚宴堂，重回约旦河耶稣当年接受圣若翰洗礼的地方，看到有人在重宣信德誓言，我突然灵机一动，每个今天都可能成为遗憾的昨天，为什么我不能为自己好好活一次？

从工作生活中短暂的抽离，让我决定转行做英语教育。于是在耶路撒冷的一个清晨我递交了美国公司的辞职信。回国后我第一时间在朋友圈宣布自己要带学生了，当时正好是暑假，一共收了五个学生，开设音标班。

转行之初，只招到5个学生，我已经很满意了，但开始上课后，我就遇到了一个棘手的问题，就是课堂纪律松散，到后面甚至是失控状态。有一个学生竟然上课在桌子下面钻来钻去，怎么好言相劝或者大声呵斥他都不听，还惹得全班同学哄堂大笑，课堂纪律一下子就乱套了。

刚开始上课时，我完全没有课堂引导经验，看到这帮熊孩子，头都要炸了，只能去求助有经验的老师。老教师告诉我，除了要投入更多的耐心，最重要的是要通过建立班规及奖惩制度来管理。每节课颁一次奖，评选出前三名有小礼物奖励，再点评每位学生的表现，也让他们相互点评，这样及时给孩子们正反馈，孩子们上课积极性得到很大的提高。

经过一段时间的摸索，我慢慢摸透了这些小孩子的品性。现在的孩子不能用严厉的态度制服，也不能一味顺着他们的脾气，征服孩子们的心，主要还是靠真诚。两三年下来，这些孩子们的成绩都提高了不少，每学期我带着他们参加国内国际的比赛，看着孩子们站在舞台上自信、有光芒的样子，这种成就感比我之前做成十单业务还高兴。

真正的喜悦来自做自己想做的事,过自己想过的生活。而内心渴望的那件事,才是一个人真正的天赋所在。

初出茅庐时,我们天不怕地不怕,但随着年龄的增加,往往会在不知不觉中丢掉曾经的勇气。经验和阅历的增加让我们习惯了计算失败的沉没成本。于是我们麻木地维持现状,不敢去尝试改变。

但人生不就是一个不断自我修正的过程吗?有时候想不清楚为了什么,所走过的路就是试错。错了,肯定会疼痛。可每一次疼痛,都是生长的希望啊。

褚时健曾经是红塔山商业王国的传奇人物,但却在67岁时因贪污被判入狱。74岁那年,褚时健因为身体原因,获准保外就医。出狱后的他把目光瞄准了哀牢山,承包了2400亩山地,种植冰糖橙。

一棵橙子树从种下到收获需要6年,6年的时间对于一个年轻人都是难耐的,可74岁的褚时健却信心满满地期待着满山飘香的情景。他畅想用10年的时间创造一个全新品牌——褚橙。

褚时健种橙的哀牢山海拔1600米,水源是个大问题,他穿上草鞋草帽一天爬几个山头考察,花巨资引进瀑布水,建了6个大的蓄水池确保旱季供水。很多种植细节都是褚时健亲自把关,为解决肥料问题专门研发独创了适合哀牢山的肥料;为了保证光照时常,他又把辛辛苦苦种下的橙树砍掉一万棵。

有人说种植业是靠天赏饭吃，但是褚时健却利用工业化思维把每个环节都拆分开并精确地用数字衡量。他问员工昨天有没有下雨，员工不仅要回答下没下，还要回答从几点下到几点，下了多少毫米。他一次次地实验、对比，最终将橙子的甜度和酸度维持在 18 ∶ 1 的最佳状态。

74 岁可以干什么？颐养天年，享天伦之乐？74 岁对于永不服输的褚时健来说，只是一个符号。他用实际行动告诉我们，永远不要给自己设限，别怕错，错了，那就重来，总能走对。

面对生活的困境，选择躺平，浑浑噩噩地保持现状一定比披上铠甲、勇敢打破现状容易得多。但是如果我们一直停留在浑浑噩噩的将就里，留给生活的可能就是永远的遗憾。而如果我们想要更好的人生，就别怕从头再来。

不愿付出极致的努力,就别谈热爱

蕙质兰心

2021年12月,我加入了一个写作班,为期30天,每天一份作业,拆文章、找选题、列大纲、找素材、写案例,写作的每个步骤都有大量耗时耗力的练习。特别是案例素材极不好找,我在网上苦苦搜索几小时的内容,还是不符合要求,一次又一次推倒重来。那段时间,我的脑子里全是写作,高强度的脑力劳动加上睡眠不足,让我的生活一下子进入混乱无序的状态。

有一次我带孩子去医院看病,把医保卡丢了自己却不知道。隔了两周先生要去医院给孩子开药时才发现卡丢了,没有卡就开不出药,先生在电话里勃然大怒。我给下属打考核,光顾着提高效率,没提前和他沟通,他事后知晓结果,直接和我拍桌子翻了脸。直到12月29日那天,最后一篇稿子还写不出来,我一下子就精神崩溃了。

一夜失眠,我拖着沉重的脚步走在上班的路上,心里也在不停地追问自己:好好工作不好吗?已经30多岁了为什么要学习写作?做了14年的工作进入倦怠期,还能找到一条新的出路吗？从小就热爱写作，有一天真能把兴趣变成职业吗？

那一瞬间我泪流满面，我突然意识到我要做的是，感谢自己重新找回热爱。

《飞鸟和池鱼》中说："人要回头看看，那些不存在的，总是充满怀念。我们要试着找回自己，找回自己的初心，或许那才是我们想要的关于生活的意义。"

人活着本身没有意义，是热爱，让每一个的生命成为与众不同的存在。遭遇一点儿事就质疑放弃，算什么热爱？

17岁的女孩古慧晶从小就热爱与车有关的一切，初中毕业后如愿进入职校就读汽修专业。有一次，学校要选拔一个参加机电维修大赛的候选人，古慧晶成为集训队中唯一的女生。

强化训练任务繁重，一天要完成多个项目，工位却极其有限。一开始古慧晶的手速不够快，她练完一个要转去下一个项目时，工位已经被别人占了，她只好在旁边等着。每天的训练从早上七点开始到晚上十二点多才结束，这时宿舍已经熄灯两个多小时，她只能摸黑洗澡。

同时，她还承受高强度训练带来的身体挑战。正规的劳保鞋，鞋头有一块保护脚指头的铁块，她每天穿着笨重的劳保鞋在车间里奔跑，一天下来，五个脚指头磨得又红又肿，疼痛难耐。集训正值冬天，她的手在没有任何保护的情况下接触化清剂，手指皮肤全部裂开。

刻苦训练造就的娴熟技术让古慧晶如愿获得了第一名。"我知道这条路很辛苦，但我就是要撑下去，不能让他们觉得女生做这个行业不行。"古慧晶把喜欢的事情做到极致,是在做给怀疑自己的人看,更是在给自己的热爱一个交代和答案。

为了心中热爱,付出极致的忍耐,对抗身心的煎熬,忍耐外界的不解和质疑,古慧晶做到了。愿意身体力行,用时间熬过一个个困境,那才是实打实的热爱。而这个过程,无比需要耐心,如果过于追求美好的结果,就让热爱变了味道。

作家陈春成的小说《传彩笔》中讲了一个故事。作家老叶叔叔,在梦里遇到一位老人,老人送他一支神奇的笔。这支笔可以写出伟大的作品,但只有自己看到。"无论你生前或死后,都不会有人知道你的伟大——你愿意过这样的一生吗?"老叶叔叔答应了。

此后的三年内,老叶叔叔用这支笔,描摹了不存在的公园,还原了县城的旧貌,写活了整个世界。他笔力超群,惊天地泣鬼神,唯一的遗憾是写作之后的狂喜无人分享,他终日郁郁寡欢。

他这才意识到,自己之前过于追求伟大的成就,这固然能带来澎湃的快意,但唯有他人的认同才能让这份快乐变得可贵。如果没有这支笔,凭着一点点天分和热爱,踏踏实实地写下去,假以时日,或许也能得到一些肯定,有一个不错的人生。

我很幸运,在 40 岁的年纪找到自己的热爱,我心甘情愿为之付出,哪怕受到身心的煎熬,哪怕遭遇外界的质疑,哪怕消耗数倍的时间,哪怕付出没有任何人看到,我也愿意奔赴其中。

我相信，倘若我们能够保持一颗追求热爱的内心，默默付出努力，享受征服自己的过程，在时间的加持下，我们一定会与热爱不期而遇。

陷入低谷时别轻易放弃，那是触底反弹的机遇

嘉护

前几天搬家时，无意间发现一本旧笔记本，随意翻了翻看看自己都记了些什么，如果不重要就不打算要了。结果从里面掉落两封遗书，一封给父母的，一封给儿子的，落款日期赫然写着2018年5月10日。字迹像被晕染过一样，记忆瞬间苏醒了，当时一边写信一边掉眼泪的情形仿佛就在眼前。

我出生在农村，从上学到工作到结婚，一直都过得比较顺遂，是父母眼里的乖孩子，所以出事后父母无法想象我到底是中了什么邪。中不中邪我不清楚，现在想来就是一念错步步错。

当年我在金融系统上班，接触的都是高净值客户，谈的都是外汇、海外资产配置、移民等，长期浸润在这种环境里，我的野心开始跟着膨胀。我不再满足只做一名小小的投资顾问，开始涉猎期货、黄金、石油等高溢价高风险的投资。当时的计划是赚到钱以后先办移民，再把孩子接到国外。

那时我满心满眼都是钱，心情跟着K线起起伏伏，对家人

不像从前那样有耐心，陪伴孩子的时间也少了很多。家人看我跟着了魔似的，好言劝我要珍惜眼前安稳的生活，但我已经听不进任何劝告，仍一意孤行，把工作辞了，一心搞投资和移民手续。

没想到不久之后，国外政策突变，我的移民梦破碎了，手里的八十多万积蓄也在资本市场赔得精光。原本紧张的夫妻关系也在这一次挫折中激化到了不可调和的地步。我们去办理了离婚手续，我净身出户。

为了尽快还清债务，我把两年前108万买入的玛莎拉蒂，以68万低价卖出，身边能卖的首饰、衣服、包包全部转卖了出去，连医社保也断缴了。

屋漏偏逢连夜雨，网贷公司和银行委托的第三方催债机构几乎每天给我打电话逼我还钱，我想办法找对方的负责人协商能否分期还款，但是他们不同意，而且都是催我在限定的时间内还完，否则就要起诉我。我把自己的真实情况和对方坦白了，但这并不能阻止他们疯狂的催债电话和信息，后来我连听到手机短信的声音都感到恐惧。还有人直接上门找过我，我害怕被人盯上，甚至连门都不敢出了。

那时我连付个单间民房的房租都付不起，父母帮我缴了房租。朋友看我实在可怜，每个月借我600块作为生活费。交了水电费，手里就剩200多块，有时我只能去买那种一个两块钱的小烧饼，连续十几天，每餐吃个烧饼就当作一顿饭了。

遗书就是在那段最颓废的日子写下来的。说来也奇怪，写完遗书后，好像没有那么强的轻生欲了。当一个人鼓足勇气走到死亡的悬崖旁边，发现死亡已经没有那么可怕，反而会激发出面对生活的勇气。

为什么不好好活下去报答他们，父母只有我一个孩子，如果我死了，他们可能也活不下去了。我越想越害怕，于是做了一个决定：好好活下去。

人生就像一条逆流的河，有深有浅，有风平浪静，也有波澜壮阔，而我们终将一个人蹚过这条河。

白天我哪里也去不了，只能躲在出租屋看书，在历史书中寻找解决方案。那时候我开始读《曾国藩》，看到他资质普通，当官不被重用，生活中又受皮肤病的困扰，临近40岁几近失明，最终还能成为一代名臣载入史册，我备受鼓舞，试着把这种从云端跌落泥地的生活当成是老天爷给的考验。

我开始尝试着去投简历，找各种工作，但重回金融系统已经不可能了，因为我首先过不了背景调查这一关，只好拜托闺蜜帮我打听，看看有没有什么不需要征信证明的单位可以去，哪怕去餐厅打工也行。但是，咨询过几家收入比较高的西餐厅和咖啡馆，店长都嫌我年龄偏大，不合适。要应聘后厨，洗碗和打扫的工作，人家看我的样子也不是干活利索的人，都拒绝了。

平时常一起逛街吃饭的朋友，见我见落魄至此，之前约逛街吃饭的热情劲也没了，口头说着帮我问问工作的事情都没有下文。也就是在这段时间我体会了真正的人情世故——锦上添花的常见，雪中送炭的少有。

后来朋友有个茶馆位置比较偏，一直招不到人，就勉强把我招了过去。在茶馆上班时为了多赚点交通补贴，我申请了晚班，这样我最后一个下班的时候还可以顺便把店里的卫生打扫一遍，那时店里没有请阿姨，做卫生还能有多20块钱的补贴。

在茶馆打工的一年多时间里，我结识了一个经常半夜下飞机就顺路来茶馆喝茶的老板。

他是做跨国贸易的，见我会英文能接待外国客户，问我是否有意向成为他在国内业务办公室的负责人。疫情暴发后，老板在国内的业务受到供应链影响，于是他在微信上联系我帮忙处理，并爽快支付了报酬。

就这样，我从茶馆跳槽到了外贸公司，虽然这个公司只有我一个人。我又当兵又当将工作了一年多，有时候要衣着光鲜接待外国客户，有时候也要卷起裤脚跑加工厂。没日没夜的奔波努力中，我慢慢找到了自己的价值领域。

攒了几个月工资，我与老板商量，我在国内注册公司承接他的业务，这样他就可以直接省掉一笔办公成本。把业务外包给我，他也省心，不用天天往国内飞。老板爽快地答应了。

接下这个公司，我也开始尝试走出去跑业务。虽然这中间因为公司注册资本少，规模小，我忍受了不少嫌弃和白眼。但是随着接触的人脉越来越多，我开始有了第二个、第三个客户。一年后，我一个人把公司的利润做到了100多万。

沉寂的岁月很难熬，但是已经发生的事实无法逃避，面对和解决问题才是出路。相信自己能造孽也能改业，告诉自己能吃得起米其林也能吃得了路边摊。

最重要的是，人生就是一场马拉松，胜者不一定是跑得最快的人，而是能够坚持到最后的那个人。生活就是在持续地长跑，你只管努力，该来的都在路上，不到终点不要轻易谈输赢。

处在低谷的人跟春风得意的人比，内心会有很大的落差，但是看看那些破釜沉舟、绝处逢生的也不乏其人，梅耶·马斯克就是其中一位坚韧不拔的女性。

梅耶经历了九年人间地狱般的婚姻。无故被丈夫羞辱、殴打，即使怀孕也不能幸免。精神上饱受折磨，物质上没有自己的收入，不得不看丈夫脸色，苦不堪言。

"我花了太长的时间做无谓的等待，等待那个人改变，或者那段糟糕的关系改变，但最后我发现能改变的只有我自己。"于是她开始想尽一切办法从婚姻的禁锢中解脱出来，哪怕一贫如洗，哪怕身兼数职也在所不惜。

她带着三个孩子住很小的房子，让孩子睡在卧室里，自己就睡客厅或厨房，每天打五份工，依然过着朝不保夕的日子。

终于，在拼尽一切的努力下，她拥有了自己开挂的人生，六十几岁成为封面女王，七十岁成为网络红人，还教育出了三个非常优秀的孩子。

生活就像是在攀登一座山峰，起起落落，高高低低，最厉害的不是永远身处高位，而是能够在困境中为自己寻找到出路。只要方向是对的，哪怕道路再曲折，不轻易放弃，抓住触底反弹的机遇，我们也终将书写属于自己的奇迹。

要想成事儿，就要扛事儿

林曦

八月份，女儿的线上英语课被叫停，于是我开始了艰难的退费过程，历经四个月的时间，直到昨天晚上，终于退到50%的费用。想到前不久的新闻报道：新东方教育机构因业务调整，把八万套桌椅捐献给了农村学校，价值5000万元，并且承诺无条件退费。相比之下，新东方的责任和担当让人佩服，一个企业能做到成功，绝不仅仅是靠时运，很大程度上，取决于一个领导者能扛事儿的能力：遇事不逃避，不轻易放弃，迎难而上，咬紧牙关，想办法渡过难关，即使失败了也有从头再来的勇气。

在心理学中，能扛事被称为"逆商"。何谓逆商？是指人们面对挫折时，摆脱困境的能力。高逆商的人愿意主动承担责任，善于总结经验教训，拥有成长型思维，不会轻言放弃。

在《三十而已》这部电视剧里，女主人公顾佳先是遭遇了太太圈的坑骗，接手了一个食之无味、弃之可惜的茶厂，接着又发现丈夫有了外遇。当顾佳正在全力以赴，要让茶厂起死回生时，家中经营的烟花厂又发生爆炸。丈夫进了监狱，还要赔偿一大笔钱，无奈之下顾佳卖房还款。没了房子，没有了家，接二连三的打击，让顾佳心灰意冷。

离婚后，顾佳决定只为自己和孩子奋斗，她带着孩子住到茶山，从头开始。对茶叶一窍不通的她，从种茶，到采茶，然后是制茶，每一步都认真学习。她和茶农每天一起工作，一起吃住。为了茶叶的销量，她一家家酒店进行推销。没有钱，也没有人脉关系，凭着自己的一份执着和努力，生活终于有了转机：茶叶打开了销量，并且做成了高端品牌，孩子在大自然中笑容越来越多。顾佳从生活的泥潭里奋力爬了出来，获得了自己的事业，有了稳定的生活。

顾佳是一个敢于扛事的人，该扛就扛，想哭就哭，人生本就是起起落落。当你人生跌入低谷的时候，谁能说这不会是你崛起的开始？扛不住事的人，只能被事压垮，遇事扛住了，才会有转机。

也许你会说，这不过是电视剧虚构的情节，生活里哪有这么多巧合，其实生活给人的启示绝不比艺术加工来得少。

我的高中同学老李，在公安系统工作了二十年，从去年到今年连升两级。回想这十几年来，他的变化太大了。以前，老李总想走捷径：搞技术嫌累，出现场怕苦，单位有事需要出人出力的时候，他总是找借口躲过去。每天猜测着领导的心思，逢年过节琢磨给领导送什么样的礼物，一心想要通过关系升职。同事们渐渐把他边缘化，同学们都暗暗在背地里笑话他。

转眼十年过去了，科室的实习生都提拔了，他还在原地打转。随着年龄的增长，他终于有所醒悟，不再把心思都花在人事的经营上面，一手好技术又重新拾了起来。

一次偶然的机会，他在单位案档室发现了一例陈年旧案，因为缺乏证据被搁置。当时他正在研究如何利用DNA技术追踪嫌犯，于是不吭不响开始寻找蛛丝马迹。功夫不负有心人，这个十年的旧案终于让他给破了，荣获三等功。有了成就感的老李找到了工作的动力，接二连三做出成绩，他所在的科室年年被评为先进。渐渐地，他成了单位的技术骨干，领导对他委以重任，让他带领一大帮的年轻人搞技术攻关。年轻人都不愿去出差，老李主动承担，去新疆，去东北，从无怨言，他也成了单位人缘最好的人。"有困难找老李"，变成了我们开玩笑时的口头禅。

前不久，难得的提拔名额又下来了，领导主动提名老李，开会讨论时领导班子全票通过，民意调查时，单位所有人都举双手赞成，老李在事业上终于有所成就，靠的就是努力、责任和担当。

领导需要的是有能力的人，把任务交给你，你能想办法解决，困难出现时你能挺身而出。怕麻烦，遇事就想躲，机会只会与你擦肩而过。

很喜欢亦舒的这句话："人真的要自己争气。一做出成绩来，全世界和颜悦色。"人这一生，无论是谁，总会遇到大大小小的坎，或多或少要承担一些压力。成功学告诉我们：只要坚持就会成功，水滴石穿，绳锯木断，这就是坚持的力量。

当年，我和丈夫所在的国有企业破产，我们俩同时失业，女儿还很小，生活一时陷入困顿，没有着落。当时广告业如火如荼，我们想在当地投资一套设备，开一家规模完备的广告公司，可是没有资金。我想把房子抵押贷款，再找亲戚朋友凑凑。父母知道了我的想法后，极力阻拦，万一赔了呢？你连住的地方都没有。我纠结了很久，不想错失这个好的机会，抱着破釜沉舟的勇气，说干就干。

永远记得那天晚上，为了找到一个成熟的技术人员，在另外一个城市，在一个小小的糖烟酒店的门前，我和丈夫坐在台阶上，一直等到凌晨。第一步算是迈过去了，接下来更难。我们分好了工，丈夫主外，负责业务；我主内，负责财务、工商、税务，以及十几个员工的培训、吃住、管理。这些都要一一落实，每天累得一觉睡下去就不想起来。我就这样熬着，坚持着，因为我知道天上不会掉馅饼。崩溃的时刻终于来临：一次我忙到半夜回家，独自一人在家睡觉的女儿突然发烧，烧得脸颊通红。那天又恰好丈夫不在家，我背起女儿就往医院跑，边跑边哭，路在眼前一片模糊。那时，我的生活里没有"休息"二字，加过的班，熬过的夜，数也数不清，每次看着天色一点点发白、变亮，我似乎看到了希望，我告诉自己一定要挺住。几年过去，老天爷终于奖励了努力的人，我们公司的业绩和规模在当地数一数二。

成年人的生活里没有"容易"二字，都是"熬出来的本事，逼出来的成就"。有些事情，一咬牙，一跺脚，含着泪就扛过去了。

永远不要认为我们可以逃避,我们的每一步都决定着最后的结局,我们的脚,正在走向自己选定的终点。无论是在举步维艰的职场上拼搏,还是在柴米油盐的生活中忙碌,磨炼都会如期而至。有些弯路,非走不可!但是一定要记住:你做事的态度决定了你的人生,想要成事儿,就先要能扛事儿!

暂停比加速前进更需要智慧

安歆

去年 5 月,我和孩子一起参加了腾格里沙漠亲子穿越活动。小朋友没去过沙漠,只是看到我买的各种防风沙装备觉得很酷,对穿越沙漠活动充满了期待。

但是天公不作美,第二天一早,进入沙漠行走不到半小时,我们就遭遇了大风和小阵雨,风沙夹着雨点,砸在衣服上,打在脸上。我紧紧拽着孩子,深一脚浅一脚地跟着大部队往前走。

孩子很懂事,为了不掉队,鞋套破了也没和我说,结果鞋里进了越来越多的沙子,脚被磨破皮,越走越疼,直到一步也走不了了,才坐在沙堆上休息。眼看大部队越走越远,他非常着急,可是再着急也得等补给车送来创可贴和新鞋套,才可以出发。

整个过程中,教官一直陪伴着我们,他蹲下很认真地对孩子说:"动员大会上我就说过,如果鞋里进了沙子,一定要停下来立刻清理。否则,一粒沙子就可能让你掉队。"孩子似懂非懂地点点头,我相信那停下来的一个多小时,会让他记一辈子。

人生很多时候都是这样，暂停比加速前进更需要智慧。使人疲惫的可能不是远方的高山，而只是鞋子里的一粒沙子。

生活中，这种沙子随时都会有。公交车晚来了几分钟，上班迟到了，一个上午心情都不好；在地铁里被人踩了一脚，新买的鞋子脏了，就郁闷了一整天；买菜的时候丢失几块钱，责怪自己不小心，唠叨纠结半天。

这些小事，就像鞋子里的沙子，看起来是鸡毛蒜皮，不值得一提，但如果不及时清理这些微小的负面情绪，我们的生活就会处处难受。

那天晚上，我们比大部队晚了三个小时抵达露营集合点。大家围坐在篝火旁边聊天的时候，教官给我们讲了一个故事。

1911年，有两支探险队向南极极点行进。一支队伍是挪威的阿蒙森团队，另一支队伍是英国的斯科特团队，两个国家的探险精锐以相同的路线向南极点行进。

阿蒙森作风务实严谨，从南极大本营到南极极点的路程之间，建立了三个补给站，以确保返程时有足够的补给食物。10月19日阿蒙森带队向南极行进。斯科特出发时间比阿蒙森团队迟了10多天，为了与对手比拼速度，他带领团队匆忙出发，既没有准备充足的食物，在行进速度上也没有合理的规划。

结果是走走停停的阿蒙森团队比一路用快马追赶的斯科特团队更早抵达南极极点。此时，探险队还要面临一道新的考验：能否安全返回大本营。

在返程过程中，因为有足够的补给食物，阿蒙森团队安全返回大本营。而一直在赶路没有停下来补给食物的斯科特团队在返程过程中遭遇了暴风雪，室外气温陡然降到零下60多度，没有任何人能在这种天气前进。他们只能在距离补给点仅有18公里的地方扎营。在等待暴风雪停止的过程中，斯科特团队因为食物用尽，整个团队全部遇难。

事后阿蒙森团队分享了团队成功的秘诀：团队行进过程中，无论天气好坏，每天只前进15—20英里。哪怕天气再好，也绝不多走一步。不被环境影响，规律地坚持和克制，保持进度也休养生息。

与其说斯科特输在过分高估了团队的综合实力上，不如说阿蒙森赢在以退为进。他把人生中的暂停智慧应用到人与自然的较量中，赢得顺理成章。

我的朋友王鹏是一家电商公司的大老板。每次我们几个好友吃饭，都约不上他的档期。他的朋友圈发的不是今天在这里开会，就是明天飞到那个城市出差。可最近我发现他在朋友圈里晒出了和家人在三亚度假的小视频，感到很惊讶。

上周他主动约我们去一个新开业的茶馆喝茶，聊到最近生活的变化。他说趁着假期，还要带孩子去东北住半个月让孩子好好感受一下北方的大雪是什么样的。我们都惊讶他这个大忙人什么时候变得这么浪漫有情调，他认真地告诉我们，前段时间为了赶在大促之前盯好货品和物流，他连续加班了两个星期。大促活动前一天，他在员工动员大会上，体力不支晕倒了，被员工紧急送进医院抢救。

医生说，还好送得及时，要不然可能连抢救的机会都没了。

原来他每天都在办公室工作到 12 点才回家，三餐都是外卖随便吃一下。创业以来，钱是赚了不少，整个人胖了 20 多斤，但身体的抵抗力却差了很多。前段时间感冒两个星期都没好，加上熬夜，就得了严重的心肌炎。

"人啊，不是机器，没办法一加油就往前冲。偶尔得给自己按下暂停键。"这是现在王鹏最大的感触。是啊，无论在哪个年纪，张弛有度、快慢交替的生活才能稳健、持续。

我一个擅长下围棋的朋友告诉我，普通人下围棋都喜欢追求"妙手"，渴望一子挽狂澜。但事实上，专业的棋手更喜欢追求"半目胜"，每次追求 51% 的效率，不断迭代，这样才能在赛场上持续获得成功。

满地都是六便士，有人却抬头看见了月亮。不要一直低头行走，让自己停下来，抬起头，看看头上的月亮和星光。前进是能力，但停下来，好好清理掉心中的沙砾，好好修筑自己的护城河，好好思考自己真正要的是什么，这比盲目加速前进更有大智慧。

爱折腾是生命中最大的勇敢

鲍亦思

前两天,我妈去参加高中同学聚会,被狠狠打击到了。

我妈的同桌王阿姨也回来了,她看起来比我妈至少年轻十几岁。30年前,高考失利的王阿姨没有像其他同学一样随便找个人嫁了,而是不顾父母的反对,跑到深圳去打工。一路从小保姆、电子厂工人做到了现在的集团大老板。

我妈用酸溜溜的口气讲了一堆阿姨的"英勇"事迹,感叹还真让她"钻"出了一番名堂。"钻"是我们那里的方言,意思是一个人爱折腾会钻营。

在老一辈人眼中,"老实""踏实""勤奋"才是夸人的词,而"折腾""钻营"则多少带一些贬义。

但其实,爱折腾、勤折腾可能是梦想的启动键,因为折腾本身是在对抵达目标的方式、方法做调整。这个过程就像罗振宇说的:"行就行,不行我再想想办法。"很多人对预期中的结果梦寐以求地期待,但是面对现实中的各种困难,却不愿意想办法去解决,而是直接说"我不行,我不想折腾"。

郭敬明说:"每个人都是一个国王,在自己的世界里纵横跋扈。"只有喜欢折腾的人,才有动力让自己不断走出舒适圈,不断挑战自己的能力极限,在自己的领地飞扬跋扈地成功。

我的朋友阿柳是一个全网百万粉丝的知名博主,不到30岁就实现了财务自由。我和她结识,缘于一场"折腾"。

6年前,我无意中在自媒体平台上看到阿柳的文章,当时就被震惊了,怎么有人能把文章写得这么酣畅淋漓又接地气?那一刻,我给自己立下一个目标:我也要成为这样的人。

我加入了阿柳的核心粉丝群。为了离她更近一些,我拿出了毕业求职的劲头打磨简历,想应征成为她的助理。虽然最后没被录用,但阿柳认真回复我:"你的履历很优秀,看得出来你也很有自己的想法,你的价值不在助理上,你应该去创造自己的事业。"

感受到了来自偶像的鼓励,我的劲头更足了。有一次阿柳到上海参加一场新媒体论坛,我抓住机会和她见了一面。那一次,我们聊事业、聊感情、聊时代机遇,我清晰的思路和专业能力也给她留下了深刻印象。

之后阿柳邀请我一起合作开发一门线上法律课程。课程推出之后大受欢迎,我也拿到了人生第一笔副业收入。但更大的收获是我在能力上的跃升,20节课全程脱稿,每天在线为学员答疑。一个月下来,我对自己的表达能力自信满满。

于是,我开始做其他各种副业尝试。做法律咨询,写小说,在今日头条、百家号、小红书等媒体平台上发文章。尽管在一次次的尝试和折腾中，我忙得没空约会、没空逛街，甚至没空给自己好好化个妆。但是几个月的折腾下来，我成功签约了国内知名女性网文平台，2个月内突破了小红书万粉，成为平台新红榜第4名。

某日深夜，早就进驻小红书、成为平台大V的阿柳给我发来微信，告诉我她在首页刷到了我的文章，深深为我开心，并附上一句话："期待我们以后顶峰相见！"

我当然知道，我们还有很远的距离。但这是一个不错的起点。没有昨天的折腾，我就无法看见今天的风景。没有过去的坚持，我也无法收获现在的喜悦。给自己的人生多几次折腾的机会，那是把梦想变成现实的动力。

"折腾对了，你有可能改变命运；折腾错了，大不了做回普通人。"我们手上本来就没有什么可害怕失去的，与其老老实实混日子，不如大胆地折腾自己的生活。想，永远是空谈；折腾了，结果才会给你答案。

有时候，当我们不甘于命运的摆弄，不向命运屈服，终将赢得成功的眷顾而涅槃重生。就像弗兰克在《活出生命的意义》一书中写道："一些不可控的力量可能会拿走你很多东西，但它唯一无法剥夺的是你自主选择应对处境的自由，我们就不会一无所有。"

来自索马里的华莉丝·迪里，4岁时被父亲的朋友性侵，5岁被迫接受割礼，12岁时，父亲将她以5头骆驼的价格卖给六十几岁的老头。

为了逃婚，华莉丝赤脚穿越沙漠和乱石遍布的戈壁石场。即使走到一半路程，她的双脚已经血肉模糊，她也只是停下来拔掉脚底的刺，擦干鲜血继续前行。

她跑到首都摩加迪沙投靠外婆，这里的环境比老家的环境强百倍，一般女孩到这一步，可能就在当地找个差不多的人嫁了，但华莉丝不想止步于此。

她忍受着亲戚的白眼，努力干活。姨父被派到英国当大使，华莉丝苦苦哀求，以女佣身份一同前往伦敦。后来姨父被召回国，华莉丝不愿回到家乡，便趁乱逃走了。流落街头的她，饿了就吃垃圾桶里的食物，累了就破布一裹睡在街角。

一个好心的白人女孩收留了她，看她勤快能干，便介绍她去快餐店打工，她这才有了稳定的住处和干净的食物。一次偶然机会，一位著名摄影师递给她一张名片。华莉丝抓住了这个机会，尽管她还面临着不会说英语、护照过期被迫嫁给当地工人等困难。

后来，华莉丝为了走上T台，一天就吃一顿饭，在狭窄湿滑的过道里练习穿高跟鞋走步，一次次摔倒一次次站起来再练，脚趾头、脚后跟破皮流血是日常状态，直到脚掌严重变形，她也没停下来。

女佣华莉丝蜕变成了国际时尚舞台上闪耀的"黑珍珠"，T台上的华莉丝像一株黑虞美人，一颦一笑、举手投足都让人为之着迷。

但华莉丝的折腾还远不止于此。获得了名誉和财富的双重回报后，她退出名利场，全身心投入到反割礼运动中。她公开呼吁全世界都来关注受割礼迫害的女童，帮助她们废除这项惨无人道的陋习。

华莉丝的折腾不但改变了自己的人生轨迹，也改变了无数非洲妇女儿童的命运。在华莉丝家里，她的两个姐姐因为割礼陋习而丧命。在华莉丝之前，非洲大地上有数以千万的妇女儿童忍受着割礼带来的巨大痛苦，但是没有人奋起反抗。

很多时候，大部分人面对命运的不公选择默默忍受；面对人生的碌碌无为，选择安逸将就；面对生活的各种不如意，选择得过且过。殊不知，这种不愿挪动、不肯折腾的生活，就是在让生命之花一天天枯萎。

人生就是折腾的旅程，把理想折腾成现实，把美梦折腾成真实，把目标折腾成自己够得着的生活。如果你还有未竟的目标，还有遥远的梦想，请你可劲地折腾自己，去为自己的人生开拓更多可能，为自己的人生营造一条又宽又大的护城河。

第三章

讨好所有人，
　　就是对不起自己

不打扰，也是一种温柔

霜降

电视剧《我在他乡挺好的》，里面有一个片段被疯狂转载，讲的是女主乔夕辰如何正确回怼亲戚们不怀好意的"关心"。

姑姑们围着从北京打工回来的乔夕辰，半嫉妒半嘲讽地发问：快三十也没带男朋友回来？女孩年龄大了不好找对象，得抓紧！你的工资有多少，北京的房子挺贵的，你在北京买大房子了吗？你们这些在外面打工的，吃不上饭睡不好觉有什么好的？你这坏脾气可得改改了。

乔夕辰面带微笑，客客气气地揪着姑姑们的痛点反将了一军：表姐结婚三年了怎么还没要孩子，要不要找个专家来看看？表哥刚被公司裁员，要不要托人帮忙打听打听介绍工作？对，我可不能老骂我老板，老板玻璃心，辞职了可咋整。

特别欣赏乔夕辰以子之矛攻子之盾的回击方式。姑姑们看似真诚的关心，实则怀着偏见，句句在嫌弃和挑剔。因为真正关心你的人，不会把年龄当作对未婚女性的偏见，也不会拿着房价暗讽你的收入太低，更不会毫无理由地嫌弃一个成年人脾气太差。

路遥在《平凡的世界》里说："亲戚关系常常是庸俗的；互相设法沾光，沾不上光就翻白眼；甚至你生活里最大的困难也常常是亲戚们造成的……"在他看来，亲戚是最缺乏边界感的一群人，打着关心的名义肆意打听你的隐私，毫不顾忌地评论你的长相、脾气，还会借亲戚之名理直气壮地掠夺你的资源。

现在年轻人之所以如此反感这样的亲戚，是因为大家已经有了关于边界感的觉醒和意识，人与人之间的交往，最好的礼貌是不要多管闲事。在人际交往中，把握好分寸，保持清晰的边界感，是一个成年人必备的修养。

表妹在家族小群里悄悄宣布了要去武汉援助的消息，希望我们暂时帮她保密。

表妹在一个公立医院上班，她组里的护士长刚休完产假，孩子都还没断奶。表妹于心不忍，就上报了分管领导将护士长替了下来。

当时正是谈"疫"色变的时候，表妹报名之后一直瞒着舅妈，临到要出发了，才在群里公布了这个消息。舅妈是个思想保守的全职妈妈，如果她早先知道自己的女儿要奔赴一线，除了崩溃，还可能引发一场家庭"动荡"。

家族里的亲友们，很多都在医疗系统工作，或者通过一些信息渠道，大家多少也都获悉了此事。可是这一次，大家庭里出现了前所未有的默契，谁都没有在舅妈面前提起此事。亲友们经常举行一些线上的活动，线上桌游、线上麻将、线上聊天，尽可能地转移舅妈的注意力,也默契地不对疫情做任何的讨论。

表妹回来以后,住进了医护的隔离点。我回老家接来舅妈,在隔离酒店楼下,通过窗户和表妹远远打了个招呼。返程的路上,舅妈终于忍不住哭了。她说她老早就知道了表妹去支援的事,但是看到大家都极力在帮助她,她不忍心给大家添堵。她说,但凡这期间每个人都打电话安慰她或者没完没了地提及此事,她可能都忍不到今天,早就崩溃了。

每个人,在风平浪静的表象之下都可能有无数的暗流在涌动。我们在学会不动声色安慰自己的同时,也要学会不去打破别人强装镇定的情绪。有时候,悄无声息的陪伴才是温暖的安慰。

曾在书上看到过这样一句话:"逢人做了尴尬或失态的事情、走路滑倒或出口闹笑话了,在街头打电话失声痛哭了,不要围观打量别人的窘态。"

是的,生活中有一种不打扰叫守好自己的边界,不直视别人的尴尬和痛苦。不打扰、不越界既是给对方的温柔,也是对自己的尊重。

好友虾米在北漂的时候认识了龙哥,两年后他们一起回到了南方。

龙哥对我们南方人来说就真的很"北方",实在、干脆、宠女友。为了让虾米能全力打拼事业,他甘居二线,用之前积累的技术和人脉竭尽全力地辅助虾米创业。虾米的父母、朋友来福州办事，均由龙哥负责接待、照顾。这样完美默契的感情让身边的人都期待着他俩赶快步入婚姻殿堂。

之后不久，龙哥收到北方父亲的来电，姥爷病逝了，妈妈也因为高血压住院了。龙哥匆忙赶回北京奔丧，虾米却有些不安。两人都是家中独子，年轻的时候可以随心奔波，可一旦走到了谈婚论嫁这一步，谁都不敢离开父母去远方。就这样，他们没有争吵，就在越来越少的联系中，默契地疏远了。

跨年夜，虾米给龙哥打了一通电话，从10点多聊到将近12点，像是老友般闲聊着这大半年工作和生活的变化。零点的时候，虾米挂断了电话，她给龙哥发了一条信息："我们都没有勇气去对方的家乡生活，大概是因为我们还是比较爱自己吧。新年到了，过去就此打住，不必再联系了。"

虾米是个狠人。这些年，即便是工作原因数次往返北京，也一次都没有联系过龙哥。龙哥的朋友圈里，有时候会突然分享一些老歌，有时候会突然转发福州即将有台风的消息，有时候甚至发一些姨妈期的养生小百科。我们几个共同的朋友都知道，那是发给虾米看的，但虾米愣是一次都没点赞评论过。

我们都以为虾米应该是屏蔽了龙哥。直到年初，龙哥发朋友圈晒了一张新生儿的照片，我们才知道他结婚了，而虾米对此事很淡定。我问她："你知道龙哥结婚了？"她淡淡地说："早就知道了。"

原来龙哥的新女友很介意虾米的存在，好几次深夜把虾米删除了，龙哥次日又来申请加为好友。几经折腾，虾米终于忍不住了。

她发了最后一条信息："不打扰，是我最后的温柔，余生各自安好。"随即拉黑了龙哥。

也许我们很多人心里都有这样一个人,不经意间想起来,许多温暖会涌上心头,有时候也想投入那个久违的怀抱,忘情地拥抱,但是回到现实,理智战胜了感情,你知道彼此已经没有了随时联系的身份,所以相见不如怀念。

就像五月天的歌里唱的:"不打扰,是我的温柔。"

大抵分手后最好的状态就是,一别两宽,各生欢喜。而像虾米这样分手就坚决不打扰的态度,不仅仅是在维护自己的骄傲和自尊心,也是对现任最大的温柔。不打扰是一个人言行中的分寸、举止间的温柔和相处时的善解人意。歌德说,一个人的礼貌就是一面照出他肖像的镜子。这面镜子折射出来的是眼里有他人、心怀分寸的你。

去过有选择权的人生

贵哥

周末,女儿从衣柜里选了她最喜欢的艾莎裙子,正准备换上,姥姥一把把衣服夺了过去,说天太冷了,穿裙子会感冒,于是一老一小开始争论了。我见状给女儿分析了穿裙子会带来的后果,最后女儿还是选择穿裙子,我也同意了。姥姥见状生气地说:"这么小的孩子,你让她选择什么呀?"

是啊,大冬天穿裙子会感冒,明显会带来负面影响,我还是让女儿如愿了,但在老人眼里这会把孩子惯坏。而我内心明白这是培养女儿选择权意识的必经之路,我不希望她的人生总是被别人说了算,哪怕这个人是我——她的妈妈。这是我从好朋友姗姗身上学到的重要一课。

姗姗在 30 岁的时候还没有谈恋爱,父母着急得不行,天天找人给她介绍对象,终于有一次姗姗跟父母介绍的对象相亲了,双方都觉得对方挺不错,认识不到一个月就结婚了。如同所有闪婚的年轻情侣一样,婚后才发现两人的价值观很不一样,从小生活富裕的姗姗觉得花几千块买衣服很正常，与母亲相依为命的男方却觉得什么都得勤俭节约，为此俩人经常吵架。最后，他们在小孩一岁的时候离婚了。

一年前姗姗又准备去参加会计考试，考试前一周告诉我说她都没有准备，她肯定考不过。我听后问她："你都不准备，你为什么要考呢？"结果姗姗说："是我妈非让我去的。"听到又是她妈妈的安排，让我出了一身冷汗。

姗姗妈妈每年都是单位的先进，业务能力过硬，但总是争强好胜，连单位领导都要对她谦让三分。因为妈妈好强的性格，姗姗从小到大很多事情都是她妈妈给安排好的：小学时去学了国画，当时家里的获奖证书贴满了墙壁；又去学了游泳，考了一个二级运动员的证书；大学时妈妈让她读自己完全没有兴趣的工商管理专业；工作也是妈妈托人让她进了国企。

她这一生都是她妈妈在帮她做决定，她根本没有选择的权利。如同网友所说，从小到大的人生都是被父母安排好的，小到吃穿，上什么兴趣班，大到读什么学校选什么专业，跟谁结婚，全部都是父母决定的，自己根本没有选择的权利，感觉自己就是一个牵线木偶，彻底失去了人生的决定权。

科学家曾经做过一个实验：对医院两层楼的病人进行测验，让2楼的病人选择他们喜欢的植物，并把植物安放在病房内，委托他们每天进行照看；4楼的病人则没有选择植物的权利，而是被医院安排好植物种类。

一个月过去了，2楼病房里的病人恢复情况和心情舒适度比4楼的病人高很多，同时植物的生长情况也比4楼的好得多。

科学家对出现这种差异的原因进行分析，得出结论：由于2楼的病人拥有对植物的选择权，从而会有一种参与感，有参与感就产生了责任感；而4楼的病人总是有一种被安排的感觉，因此植物的生长状况与他们毫无关系。

电影《灼人秘密》里的妮娜跟别人争夺某部剧的女主角时，制片人让她们把自己当作狗，趴在地上学狗叫，说谁学得像，女主角就是谁的。从农村出来的妮娜，不想放弃这个可以改变她职业生涯的机会，卖命地叫唤起来，后来遇见导演掐脖子扇巴掌，也只有受着，毫无尊严可言。当妮娜遇到这些有辱尊严的事情时，她内心很愤怒，但又有什么办法呢？她为了改变命运，选择了无底限的忍受，放弃了其他选择，犹如案板上的鱼肉任人宰割。

当一个人没有选择权的时候，对她来讲，失去自尊又算得了什么？而拥有选择权就可以把控自己的人生，有辱尊严或者不喜欢的事情可以选择不做，而不是别无选择不得不做。

所谓完美人生，就是在任何时刻都拥有选择权。有权利去选择自己想过的人生，而不是等着被安排好一切；有权利去承担责任，而不是出现问题后到处推诿。

人生的选择权终究要掌握在自己手中。

生活的仪式感，小事足矣

知鱼

周末，老公帮我一起收纳晾晒的衣服。他负责将衣服取进房间，而我负责折叠。看着我仔细地把两只袜子铺展，叠放，再卷成一个平整的方块，老公有些惊讶，问："你干吗费那个劲儿？反正袜子总要打开来穿的。"

被他一问，我也有些意外，这只是下意识的动作，并未想过原因。如果一定要说出个原因，我想，这样叠袜子，让平常的家务劳动有了仪式感。除了会仔细地折袜子，我还喜欢把衣服按照颜色深浅排列在衣柜里，或者在洗葡萄时，用剪刀把葡萄蒂修剪整齐。

很多人都会和我老公一样，认为我是在浪费时间做徒劳的事情。可是对我来说，这些藏在生活里的细节，就是我的仪式感。仪式感不必都要鲜花、烛光、包装精美的礼物，它们也可以只是一些小事，让我感受到在生活的小事。尤其是当我被各种焦灼的情绪挟裹时，这些小事总能拽我落地。

就比如，叠袜子这件小事。当我仔细展平袜子上的每一条皱褶时，我仿佛也在展开生活里那些不被注意的细节。我在叠女儿的袜子时，脑海中出现了她在沙发上玩耍的身影。她总是急急地踢掉鞋子，一跃跳上沙发，然后就撅着小屁股摆弄她的那些玩具。有时她会突然兴奋起来，把沙发当成蹦床，在上面跳呀跳呀。一只脚不小心踩到另一只脚的袜子，便被绊倒摔一跤。这时我总要惊出一身冷汗，生怕她摔到地上。袜子成了她玩耍时的障碍物，总被她甩到一边，慢慢有些袜子就形单影只了。所以女儿的袜子总有很多双同款，丢了一只，还能和其他袜子搭伙儿。我的袜子，大拇指的位置，总是有破洞。我想起小时候，妈妈常常爱抚着我的小脚丫，说我的脚趾往上翘，将来会是个灵巧的姑娘。老公的袜子，大多是深色，纯棉材质，穿起来吸汗不臭脚，只是洗的次数一多，便硬邦邦的，叠之前要在手里揉搓几下。

叠袜子的过程，就是我寻找内心秩序的过程。生活里的每个部分、每个人，都妥帖地各归其位，让我有种脚踩在地上的踏实感。

很多时候，仪式感还是心里的一个开关，按下去，就进入了某种状态。有的人是在公司洗手间的镜子前，正一正领带；有人是出门前，仔细擦掉皮鞋上的灰尘。每个人都在不经意间，用仪式感为自己设置了很多个开关。大多数都是一些司空见惯的小事。

我印象中极为有趣的一个"开关"，来自我认识的一位女画家。平时见她都是在活动现场，她总是踩着高跟鞋，画着精致的妆，在宾客间摇曳生姿。有一次受邀去她的工作室玩，按响门铃后,我想象着工作时的她,一定是蓬头垢面,穿着沾满油彩的肥大工作服。但当她打开门的一刻,出现在我眼前的,和活动中的她并无二致,同样精致的妆容,同样踩着高跟鞋。我有些受宠若惊,以为她专为见我才装扮,后来在聊天中才得知,这就是她工作时的状态。她说当她在镜子前,以脸为画布,用各种笔刷精心地涂抹时,就感觉工作已经开始了。

有人需要仪式感,就有人讨厌,认为那是商家的促销策略,或者无聊的形式主义。当年热播过的美剧《绝望主妇》中,有一段讨论仪式感的话让我至今难忘:"无论身心多么疲惫,我们都必须保持浪漫的感觉,形式主义虽然不怎么棒,但总比懒得走过场要好得多。"

说这段话的是剧中最忙碌的主妇勒奈特。她有5个孩子要照顾,平时总是邋里邋遢,没有时间收拾自己。可再怎么忙碌,她与老公总会找一个普通的日子单独约会。穿上好看的衣服,束起蓬乱的头发,看场电影或者就在街边喝杯咖啡。

我们需要仪式感,其实需要的是对方的重视。形式不需要多隆重,全在于一颗真心。就像新闻里那位伦敦地铁站里的老奶奶,每天在月台上坐一会儿,就只为听听老伴生前录制的那句"小心间隙"。

而这样的一句再寻常不过的叮嘱,就是生活中难得的小确幸。而生活中如果没有这种小确幸,人生也不过是一座干枯的沙漠而已。营造仪式感,不必大动干戈,小事足矣。去做些小事吧,这些小事会让普通的日子也能闪闪发光。

你一定要有属于自己的坚硬内核

知鱼

过年期间,遇到了多年未见的表妹。她还像小时候一样,脸上随时挂着笑容,对家族里每一位亲戚都显得过于热情。在一次与她独处时,她却卸下了笑容,疲惫不堪地叹了口气说:"表姐,怎么活了三十多年,才突然发现自己好像处处受人'欺负'。"

接着,她便开始历数自己从小到大被"欺负"的事儿。小时候外婆总是大声责骂她,好吃的也只留给其他兄弟姐妹;读书时,明明她认真又努力,可每当去问老师问题,他们都会表现出不耐烦;与朋友相处,她也总是那个需要迁就别人的一方。

终于有一天,她遇到了一个欣赏她、让她觉得自己被珍视的男人,便不顾家人阻拦,毅然下嫁,以为从此就能过着幸福快乐的生活。可如今,就连自己刚 5 岁的孩子,都会学着爸爸的语气说她"你笨死算了"。表妹说自己过去总是牢牢记着姨妈的话"伸手不打笑脸人",对任何人都展现出最大的善意。可是直到前几天,自己的孩子也像别人一样轻蔑她,她才突然觉得，自己活得太失败了。

是的，我早就知道，表妹就是现实世界里低配版的松子。虽然她的生活不至于像松子那样悲惨，看上去也算事业有成，家庭和睦，但若是较起真来，旁人时时处处的"欺负"，想必也让她内心遍布不致命但会疼痛的小伤口，甚至在我年少无知的时候，也"欺负"过她。因为她笨拙、迂得让人不耐烦。更重要的是，她让人觉得可以随意"欺负"。

直到很多年后，在巴斯夏《看得见的与看不见的》一文中，我读到那个店主的故事后才明白，为何表妹一再被"欺负"。一扇破碎的窗子，店主没有及时修复，其他人就会受到暗示，觉得窗子是可以随意打破的，这个理论在心理学中被称为"破窗效应"。

就像表妹，她自小与人相处时，总是把自己放得很低，毫无保留地展示自己的短处，把自己塑造成了一个毫无自我、趋迎奉承他人的人。她就像路边随意长出来的一棵小草，没有"禁止践踏"的警告，谁都可以毫无愧意地踩上一脚。"欺负"她的人，固然应该受到谴责，但从某种程度上来说，也是她纵容了他人之恶的实施。她随意地对待自己，也就决定了别人对待她的随意。

最近网络上有一个触目惊心的视频。视频中，一对情侣在火锅店用餐。不知为何，男子突然将女朋友的头按进了火锅里。沸腾的油卷着火锅佐料，扑到女孩的脸上、头发上，女孩疼得大叫,一边挣扎,一边哭喊着向店员求助。店员看到这个情景,连忙跑来劝阻,并报了警。男人见状,这才放开了按住女孩的手,抓起旁边的包,骂骂咧咧地走了。后来,警察赶来了解情况时,女孩却不肯配合做笔录,只说是误会,他们感情很好。

在男子把女孩的头按进火锅之前,她在日常生活中,一定默许过对方许多次的伤害,也许开始只是一句咒骂。但有一扇窗子破了,人们就可能纷纷拿起石头。当然,现实生活中,大部分人不会成为被按进火锅的女孩,但每个人或多或少都在某个时刻成为过"表妹"。我们对他人笑脸相迎,希望用善意博得好感,或维持好关系,却反而遭到他人的打压或鄙薄。

有人像表妹一样,懵懂地意识到这个问题,却不知所措;有人在苦苦挣扎,甚至去求助心理医生;也有人觉醒了,分享自己蜕变的经验,比如,如何从穿衣打扮上增强气场,遇事先想自己,减少与别人的共情等。但这些招数,也只是治标不治本,如果不从思维层面做出改变,就连这些招数也会"欺负"自己——增加自己内心的负罪感。

所以,我们首先应该做的,是让自己长出一颗坚硬的内核,像牛油果那样,而不要做一颗洋葱,一层层剥开,却没有内心。

这个说法来自哈佛大学心理学家布莱恩·利特尔。他在《突破天性》这本书中提出了一种人格类型,叫低自我控制型人格。用一种形象的比喻来说,这种人格就像一颗牛油果,表面虽然柔软，但不断向内挖，就能发现一个坚硬无比的内核。不要小看这颗内核，它能让我们无论风雨飘摇，我自岿然不动，有了这颗内核，我们就不那么在意别人的眼光，不会时时监控自己的行为，也没有那么依赖外界认可自己的价值。

而与之相反的，就是高自我控制型人格。这种人格像洋葱，看似一层层包裹严密，但剥到最后却没有心。没有一个坚定的自我，就只能随波逐流地顺应别人，毫无底线地允许别人的践踏。

想象自己有一颗坚定的内核，用这层硬壳抵挡别人的伤害，哪怕是最轻微的伤害；用这层硬壳界定人与人之间的边界，想越界的人，寸步难进；用这层壳好好地爱护自己，珍视自己，把自己当成匣子里的珠宝。

虽然，任何人想要突破天性，都是极为艰难的事，任何的改变也无法一蹴而就，尤其像表妹那样做了三十多年洋葱的人。但我们还是告诉自己试一试，试一试做颗牛油果，从长出一颗硬核开始。

有一种感恩,是懂得别人的付出

一念

前几天,我在加班时,有一个很急的项目忙不过来,领导让我找同事小洪帮忙写一篇新闻稿。小洪爽快答应了,利用周末加了一天班帮忙把稿子写好。收到文件后,我在工作群给小洪回复了一句:收到了,谢谢!

信息刚发送成功,领导打来电话劈头盖脸一顿凶:"人家小洪周末加班帮你写稿件,你怎么连句真诚的感谢都不会说呢?这样下次谁还愿意帮你?"

当时我也很委屈,明明已经说过感谢了,领导为什么还要批评我?等我平复好自己的情绪,想想领导说的话,他实际上是在提醒我,要懂得理解别人的付出。

我才发现自己一句轻飘飘的"谢谢"确实很敷衍,根本没有真的将别人的帮助放在心上。

于是我重新发了一条信息给小洪:"小洪哥,真的很谢谢你,那么忙还加班帮我写新闻稿,让我能顺利完成这么急的项目。本来我特别焦虑,还好有你帮忙,帮我分担了很大的压力。如果你这边有什么忙不过来的，比如文案修改，随时叫我就行，我一定尽力帮忙。"

小洪哥在群里给我回复了一个开心的表情。一直在群里默不作声的老板也给小洪点了赞。

刚刚冷清的项目群一下子活络了起来，领导也在群里大方地发了个红包。我也被这种开心所感染，才懂了领导的良苦用心。

同事之间，帮忙是情分，不帮是本分。小洪愿意加班帮我写这份稿件，或许是出于希望公司能顺利完成这个项目，或许是因为感激我直属领导平时对他的照顾有加。无论如何，这个世界没有人应该无缘无故帮助你、对你好。懂得用心看到别人点滴付出的细节，才能让别人感受到你由衷的感恩。

《写作疗愈》这本书中的女主人公宝亭，是一个半岁宝宝的妈妈。孩子半夜醒来哭闹，她就得拖着还没痊愈的身子起来喂奶、换尿布、哄睡。白天老公去上班了，她还得一个人带孩子、做饭、洗衣服、打扫卫生。

有时候看看镜子里衣服乱糟糟、头发油腻、脸色蜡黄的自己，她就没由来得想哭。她也不敢找人倾诉，孤立无援的她只能将自己的伤心和难过写在日记本上。

一段时间后，孩子慢慢好带了许多。那些委屈和不满也已经淡化了，她试着用另外一个角度去看待生活：她发现其实一家人都在为这个家默默付出自己的努力。以前她觉得老公都在上班，孩子的事情都是自己在承担，那是因为老公没有经验把孩子哄得越哭越厉害，她就不怎么让老公抱孩子了；以前她总抱怨老公每天应酬忽略了她和孩子，但其实老公已经把每周的应酬全都取消了，每天6点多就到家；老公看她手洗衣服时，疼得腰都站不起来，也会一脸心疼地凑过来说："我给你按摩吧，这样你能好受一点。"

更重要的是，她一直以为婆婆是故意不想带孩子才坚持自住一个小区，但真相是，公公有肺结核，半夜咳嗽得很厉害，老人怕年轻人休息不好，才一直单住一套房子；尽管家里有生病的公公，她还是每天中午雷打不动地送汤过来，帮忙带会儿孩子，让宝亭能够关在书房抄抄写写；看到冰箱空了，她也会用心记下宝亭爱吃的蔬菜，第二天买好后送过来。

当宝亭不再过多地关注自己的情绪时，她才发现，原来自己不是一个人在战斗。当她看到身边人的付出，并开始感恩他们的帮助时，自己的世界也慢慢充盈了起来。

朗达·拜恩说："如果你不知感恩，你能行使的力量非常有限，因为让你与力量联结的，正是感恩。"

见过不少夫妻、婆媳、妯娌亲戚，刚开始成为一家人时，感情很好。一方愿意为另一方做很多事，承担很多责任，但当一个人习惯和默认了另一个人的付出时，就会生出轻慢之心，感情也就会慢慢变淡甚至得寸进尺，不满怨恨。

不懂得理解和感恩对方的付出，再好的感情都会败给理所当然。这个世界上没人有义务应该帮助你、对你好，即使是有血缘关系的至亲，也只有心甘情愿的付出，没有理所应当的给予。

曾国藩第三次参加会考时，家里凑不齐参加会考的费用，他虽然心有不甘，也只能无奈放弃，打算等三年后再考。五舅听说了这件事之后，忍痛贱卖了自己相依为命多年的老黄牛，连夜给曾国藩送去了十二吊钱。

曾国藩拿着五舅送来的钱财，知道这是用老黄牛的命换来的，痛哭流涕，暗下决心，将来一定要出人头地，来报答五舅的大恩大德。

会考时，曾国藩拼尽全力，一举高中，入朝为官。后来，他去四川当差获得了六百两的差旅补助，他高兴得一宿都没睡，想着终于可以报答五舅了，于是提笔就写下了一封家信，将全部的钱财都做出具体安排，第二天天一亮就托家乡的熟人，将全部的钱财和家信一起寄回家。

当信送到家时，五舅听到曾国藩要赠予自己二百两，他想到了自己的老黄牛，偷偷抹了一把眼泪，说这钱不能收。曾国藩的父亲便差人买了几亩良田，将地契强行送到了五舅的手中，劝他一定要收下这份心意。

曾国藩还让自己的弟弟，拿出二百两救济附近的贫苦百姓，又拿出了五十两，捐给自己家的祠堂，以接济族人。

曾国藩说："君子不受人恩，受则难忘。"感恩的最好方式，不是倾尽所有回报，而是借此变得强大而博爱，从此有能力也有意愿将这份恩情传递下去。

《飞鸟集》中有一句话："谢谢火焰给你光明，但是不要忘了那执灯的人，他是坚韧地站在黑暗当中呢。"人与人之间相处,就像照镜子,你对别人微笑,别人也会回之以笑脸;又像拍巴掌,你给别人一巴掌,别人还给你一拳;你懂得弯腰退让,别人也会给你鞠躬致敬。无论是在职场、婚姻还是亲人之间,每一份付出都值得被铭记和感恩。

学会善待他人的善良,懂得理解和体谅他人的付出,便是最好的感恩。

讨好所有人,就是对不起自己

海

最近部门来了一位新同事小李,同事们大事小事都让她帮忙,一会儿拿个快递,一会儿打印资料,一会儿点个外卖。就像《三十而已》中的钟晓芹一样,常常放下自己手头的工作,帮同事做很多琐碎的事儿。初入职场,小李想用这种方式来讨好所有人。

像小李这样的人并不少,日剧《风平浪静的闲暇》女主大岛凪就是这样的人,她甚至比小李还夸张。大岛凪是一个无时无刻不在察言观色、委曲求全的女孩。不管是面对公司的同事,还是自己的男友,她一直战战兢兢、小心翼翼。

与同事合照,自己迷了眼睛也不敢要求大家再重新拍一张;同事工作出错,对她使个眼色,她马上心领神会主动背锅,即使挨了上司一顿臭骂,也笑着对同事说"我能理解的";每天早1小时起床仔仔细细把自己的卷发拉直,只因为男友喜欢。

大岛凪满足了所有人的需求,但同事们并没有感谢她,聚餐照样嘲讽她的着装,虚情假意地夸她,然后把自己的工作转嫁给她。而她明明看到了同事们在另建的群里孤立、贬低她，也忍气吞声地假装没看到，继续帮她们加班干活。那个她以为会结婚的男友，不过是觉得大岛凪能够无条件地满足他的一切。

她在意别人对自己的看法，笨拙地讨好别人，压抑自己的一切需求来迎合他人，如履薄冰。

卡伦·霍妮在《我们内心的冲突》这本书中写道："讨好型的人对于温情和赞赏有极度需求。"

当我们压抑自己的一切需求来迎合他人，放低自己的姿态，以为这样近乎乞求的方式可以获得别人的认可、温情，但往往事与愿违。压抑自己的需求来满足别人是对自己的压榨，换来的是别人更多的无视。关注别人胜过关注自己，就是把自己情绪的决定权交给了对方，这种压抑，就像在深不见底的海底憋气，慢慢接近窒息。

小李也好，大岛凪也罢，每一个害怕会被别人讨厌而违背自己意愿的刹那，每一个察言观色担心说错话的时刻，每一个为了融入集体而隐藏自我的瞬间，"我们"都成了"大岛凪"。

《风平浪静的闲暇》这部剧首映即获得了 9.2 的高分，随着第二集的播出，豆瓣评分更是达到 9.4。高分的背后，是因为这近乎扎心的"真实"。我的朋友小雪就是一边看一边哭，大呼过瘾，因为这里也有她的影子。

小雪是一家公司的团队负责人，为了能够晋升，她尽力讨好身边的人。她记得部门每位同事的生日，在生日那天要么组织聚餐，要么刻意制造惊喜；在聚餐时，她能记下所有人喜爱和忌口的菜品；同事的孩子偶尔来公司，她都会订外卖，给孩子们送来小小的蛋糕杯；即使部门周会中有对她冷嘲热讽的同事，买咖啡时，小雪都会买上同事喜欢的星巴克拿铁。

团队成员小南在项目中出了错，性质比较严重。按照规定需要全公司通报，甚至处分小南。但这一次小雪和项目甲方积极沟通，私下让小南自己做出补偿，另一方面小雪也替小南主动隐瞒了这件事情。部门负责人不知道，高层们更无从知晓。但世上哪有不透风的墙，很快，公司中高层领导知道了此事，对小雪大发雷霆，认为她置公司形象于不顾，也视公司规章为无物，无原则无底线地包庇员工，并对她的领导能力产生怀疑。最后小雪当年绩效被全部扣除，职级下调一级。小南虽工作有误，但已先行赔偿，且并非自己隐瞒，所以小南安然无恙。

那一刻，小雪的心像冬日的贝加尔湖一样结满了冰，连血液都失望地凝固了。为了让所有人满意，小雪一步步失去了自己的原则，她愣是把不该自己承担的责任揽到自己身上。小雪刻意地去讨好所有人，以为这样她就能做到领导所说的那样"和同事们把关系处好，你就能晋升了"。而身处职场，那些原则和底线就像是一条条红线，无论如何，终是不能随便逾越的。

席慕蓉写道："在一回首间，才忽然发现，原来，我一生的种种努力，不过只为了要使周遭的人对我满意而已。为了要博得他人的称许和微笑，我战战兢兢地将自己套入所有的模式所有的桎梏。"

《人间失格》的主人公叶藏从孩提时代，就开始讨好身边所有的人。有一次当父亲问他想要什么礼物时，他一时语塞，父亲以为叶藏想要书而不是自己为他事先准备的狮子装，父亲一脸不高兴，拂袖而去。为了让父亲高兴，当天夜里叶藏将记事本上生日礼物的愿望修改成了狮子装。父亲很开心，叶藏用讨好迎合了父权的威严。

再后来，他用扮丑逗周围人开心，在社会、家庭面前都隐藏着自己最真实的一面，表面上不断强颜欢笑，内心却在拼死挣扎，汗流浃背。最后，叶藏太累了，用自杀的方式与这个世界作别。

把自己藏在面具之后，把自己的感受深深埋藏起来。正因无法拒绝，才会千方百计地迁就别人，渐渐地，便开始想办法取悦别人来使自己变得安心。一生不愿摘下自己为逗趣他人而戴上的小丑面具，他看不见自己，也不知道自己是什么模样，可能已经忘却了。

"我讨好了所有人，却依然过不好这一生。"一味地讨好，最终让他失去了自我。

就像叶藏自己所说："我的不幸，恰恰在于我缺乏拒绝的能力。我害怕一旦拒绝别人，便会在彼此心里留下永远无法愈合的裂痕。"

讨好别人，说到底，就是不爱自己。把自己的需求永远排在他人之后，甚至把满足对方当成自己的义务，如果没做到就会产生强烈的愧疚感。任由自己的心挣扎，哪怕它已经伤痕累累。

其实,世界是自己的,与他人无关,不必讨好所有人。人最宝贵的,就是我们自己。我们永远都活不成所有人喜欢的样子,取悦自己就好,一切都不需要那么刻意,那么用力。

只有当我们学会爱自己,我们才能学会爱他人。

什么都不信,可能是格局太小

嘉护

你生活的周围有没有这样一种人:你跟他分享一个有趣的视频,他说是演的;你跟他讲个感人的故事,他说是假的;你约他去个好玩的地方,他说照片好看而已,实际没那么好玩。

一句话就能把天聊死的人,不是因为他什么都不相信,而是因为他的见识不够多,格局不够大。华大基因董事长尹烨接受采访时说,随着科技的发展,人类已知圈在无限扩大,但同时未知圈被扩展得更大。言下之意,知识体系每天都在更新换代,我们可以接受自己无知,但是不能让自己包裹在无知圈里,让自我世界越来越小,格局越来越小。

我报名参加一个阅读课和写作营已经 3 个多月了,需要完成的任务是每周共读一本历史书,每隔五天上传一篇文章。为了把碎片化时间都用来读书,我把平时用的名牌精致小包包换成了够大能装的帆布包,每天随身携带着一本书,一个笔记本和一个 kindle。等客户的时间随时把 kindle 拿出来读两段。

以前常一起逛街的姐妹约我聚餐，都被我以"要交作业"的理由拒绝了。身边很多朋友不理解，常说我是不食人间烟火的仙女，越来越不合群了。为了不破坏气氛，我每次都笑笑把话题岔开了。但是每次聚餐，听到大家谈论的话题都是，公司业务很不景气可能要被裁员，面对95后、00后同事的内卷压力大，我心里更加庆幸自己开启了阅读写作的行动。

坚持阅读帮我打开了一个认知历史和新世界的大门，在谈论业务的时候迅速和对方打开话题。这些是身边女朋友比较薄弱的环节，她们很羡慕我什么都懂，其实我只是知识储备比她们丰富一些而已，每次她们问我是怎么把那么多有趣的知识装进大脑里时，我都鼓励她们和我一起定期阅读一本书，只是她们除了不信更不愿意行动。

格局不够的时候，有价值的东西摆在一个人面前，他看不到，也不相信。因为人总是倾向于选择自己愿意相信的、自己认知范围内的事物。而一个有格局的人，首先应该有足够的自信、笃定的选择和持续的行动。

开始阅读写作以来，利用业余时间运营小红书3个多月，输出自己的阅读感受和成长经验，收获了4000多粉丝。虽然比不上自媒体大V的流量，但是也已经开始给我带来副业收入。而我的朋友们，宁愿一边浪费时间一边抱怨，也不愿把喝咖啡的时间用来阅读和提升自己。一个人格局不够的时候，只会看到自己能一眼望得到的终点，而把认知之外的远方，看得困难重重，因而畏缩不敢向前。

一个不敢大胆往前走的人，除了不相信自己的选择，还可能是因为不相信身边任何人。害怕交出的信任被辜负，害怕交出的权力被滥用，不但让自己日夜憔悴，辛苦不已，也与身边的人难以交心。

我的老板就是这样一个人，公司的员工没有一个人能让他完全放心。每一个产品包装上的小贴标、货运单上填写的内容都需要拍摄视频发给他亲自确认。这样事无巨细的性格常常搞得他很辛苦，别人也很累。很多员工因为忍受不了他这种纠结的性格而选择了离职。但前段时间发生了一件小事，彻底改变了他的认知。

公司正在筹建网站，请了行业内比较专业的设计公司来配合。一开始老板各种不放心，每个版面的图片都要亲自过审。但是他中途飞到澳洲出差，时差对不上，导致整个设计进度严重滞后。为了赶在展会之前让网站顺利上线，我直接发信息告诉他，网站我这边先把控，重要节点再由他审核。

忙了一个多月，定稿之前，我把网站架构发给老板预览。我拍板选用的蓝色系与他最初构想的红色调性出入较大，本来已经做好备用方案。没想到老板看到主稿后，拍案而起，激动地说："效果太好了，很适合我们的产品调性。"

老板不是一个听不进别人意见的人，只是他白手起家，创业时连个固定办公室都租不起，经过十几年的摸爬滚打，公司才有今天的规模，他非常重视关于公司的任何细节。其实说到底，是老板的格局跟不上公司的发展速度。因为他不相信，员工个个都会像他一样珍惜公司的形象、发展和未来。

不信任员工，就必然事必躬亲；不信任员工，就不敢把企业做大；不信任员工，请示报告就会日益增多；不信任员工，员工做事就会小心谨慎，稍有风险的事得不到授权就按兵不动；不信任员工，哪怕是高薪聘请的员工也不能充分施展才能。

信任他人是一个人有容纳他人的气度，同时也是懂得用人、发现他人价值的格局体现。你能信任多少人，就有多少人能成就你。

清末年间，陕西女企业家周莹带领吴家经营着一家茶庄。一次意外事故中，吴家整船的茶砖泡了江水，长出了"霉芽子"。正当底下的员工要把泡了水的茶砖扔下田做肥料时，周莹看到有个老大爷在沏茶，用的正是"霉芽子"。

老大爷说以前的穷人买不起茶叶，都是捡富人不要的"霉芽子"来煮着喝。周莹一听来了兴趣，亲自试喝了"霉芽子"茶，发现这种茶水的滋味果然更加醇厚、浓郁。于是果断下令留下这批茶，但下人不理解，觉得这样可能不行，但周莹认为这是一次力挽狂澜的机会，不试试怎么知道不行呢，于是将这批茶加工成精致的小茶砖，重新命名为"金花茯茶"。结果，这种新奇的茶砖一下子吸引了茶商的注意，销量惊人，吴家也因此得以翻身。

周莹因为路边老大爷的一句话，迅速调整了思维，不但发明了一种新式茶叶，还拯救了濒临破产的吴家。这与周莹开放包容的心胸密不可分，但更重要的是，周莹具备开放的思维格局，她虽然身居高位，经常亲自下市场，看看一线市场的买卖和动态。懂得兼听则明，拥有包容不同文化的格局，这样的人必然能够聚拢人心，随时可以东山再起。

不较劲，生活就能舒舒服服地过

蕙质兰心

今天早上，先生送孩子去幼儿园，我在家收拾。走进厨房扔垃圾，一团热气扑面而来，我连忙掀开锅盖：我的天哪，一锅鹌鹑蛋早就煮开了花，要是再晚来两分钟，估计锅就烧坏了。

肯定是先生把这事忘了，我赶紧关掉火炉。果然，过了5分钟，他的电话来了，声音急促："哎呀，你快去厨房看看，我早上煮了鹌鹑蛋，忘了关火。"我很淡定地说："我早就发现啦，已经关掉了。"

10分钟后，他进了家门，又开始不停地道歉："实在对不起啊，是我忘了，我的错。"看他神色慌张，我摆摆手："没关系的，这是很小的事。我提前发现，就关掉啦，没事儿的。"

先生是一个特别细致的人，平时都是他挑剔我做事毛躁，这次却被我抓了个正着，失了面子。我在内心偷笑，难得他也有这样马虎的时候，我要抓住机会，就故作正经地说："你看，水也没干，锅也还没烧坏，厨房也还没着火，我不会怪你的。下次如果我有这种小错误，你也不能说我了呀。"看到我眼含促狭,他笑出了声。

其实,婚姻里需要的是近视眼,而非火眼金睛。夫妻感情再好,也不要做对方的"差评师",和对方较劲。婚姻里的智慧,就是两个人互相包容,不较劲。遇到问题时,不争长短,不论输赢。一些小事,互相给个台阶就过去了。拼命较劲,只会平添烦恼,一地鸡毛。

生活其实不难,不要和别人较劲,更不要和自己较劲。逞强不会得到幸福,这道理谁都知道,但偏偏难做到,因为想要做到,需要一连串的自我克服。毛姆说:"你要克服的,是你的虚荣心,是你的炫耀欲。你要对付的,是你时刻想要冲出来出风头的小聪明。"

大家还记得那位说"世界那么大,我想去看看"的女教师顾少强吗?她其实没有去看多么广大的世界,在辞职三个月后,就跟男友登记结婚,在街子古镇开了一间心之向往的客栈。网友质疑她,说好的看世界呢,怎么这么快就停下来了。她很坦然地说:"我和网友给我贴的标签不一样。当一个民宿主,是我一直想要的生活。我在客栈里遇到了许多有趣的人,与他们彻夜长谈,成为朋友,去看他们的精神世界,我的人生更丰富了。"

2016年,她辞职后的第二年年底,女儿出生了。女儿长到两岁,为了给孩子更好的资讯和环境,她从远离市区的客栈搬去了绵阳。现在女儿已经四岁,她定居成都,开了一家心理咨询工作室，期待通过自己的努力，给女儿买一个房子，上一个户口。网友又嘲讽她："环游世界变成画地为牢，这场说走就走的旅行，终于还是败给了生活的苟且。"

她如此回应："一个人在某一刻做的那个决定，一定是当下你最想要的结果。如果之后觉得选择不够好，可以再去改变和调整。世界上没有比自然更伟大的道理，凡事不强求，不跟自己较劲，适可而止，量力而行，舒舒服服就行了。"

事实上，她在柴米油盐的生活中从没忘记"诗和远方"，在朋友的脱口秀活动上，她激情演讲，还表演古琴绝活。带女儿报名学跳舞，她临时起意，自己也报了一个。

她从不和自己较劲，在现实与理想中找到了平衡，把人生过得愈加充实、快乐。认清自己的禀赋和性情，在人世间找到最适合自己的位置，比什么都重要。就像丰子恺老先生说的："既然无处可逃，不如喜悦；既然没有净土，不如静心；既然没有如愿，不如释然。"

成都人就把这种豁达的人生哲学，修成了一种随遇而安的生活方式，任凭外面天塌地陷，我的日子该怎么过就怎么过，从遍布街巷的茶馆就可见一斑。

成都人对吃早茶的痴迷，简直令人瞠目结舌。这是一个寒冷的冬天，天还完全是漆黑的，雾也没有散去，他们就从床上摸摸索索地爬起来，往心心念念的茶馆赶去。

霜打了一夜，石板路还是湿滑的，而且凹凸不平，他们忍着硌脚的痛，不疾不徐地走着。若是赶上一段没有铺石板的小路，路就更不平了，不光坑坑洼洼，还有各种各样的"陷阱"。

比如，没有加盖的废水沟，一不留神便绊了脚；或是供人小便的尿缸，看不清，踏进去便脏了鞋。但这算什么，快看，远处茶馆里朦朦胧胧的光已经越来越近，他们的心就愈发快活。

"一城居民半茶客"，奔于茶馆，围于茶桌，端起一碗茶，打开话匣子，上至国家大事，下至鸡毛小道，享受其中，浑然忘我。所以，这一小段异常难走的路，他们早就摸黑走了无数个来回。哪里有坑，哪里有"陷阱"，他们烂熟于心，不仅不会绊倒，还会继续坚定地走下去。享受"吃早茶"的乐趣，开启新一天的生活，便是这世上最惬意的事。

周国平先生在《人生不较劲》一书中写道："人，唯有具备不较劲的智慧，才能把劲儿节省和积聚起来，使在正确的方向上，从而实现自我的价值，得到真正的幸福。"

人生的许多痛苦都源于较劲。下雨了偏不打伞，出太阳了非要等一场大雨，天冷了却不愿加一件棉袄。闲来无事就揪着一点鸡毛蒜皮的小事不放，把自己放进牛角尖，让人生拧巴成一股麻花，把日子过得一地鸡毛。与其这样，不如过得自由自在，得于自然，归于自然，不矫枉、不伪装、不较劲，用心对待生活，生活也将会还你舒舒服服的日子。

你觉得别人过得好,是因为你和她不熟

大脚

身边总有些人,平时总是脸带笑容,满面春风,但其实心早是一片寸草不生的荒野。很多时候,你只看到了别人光鲜亮丽的一面,只是因为你和她不熟。

我的表妹蓉蓉前不久过 30 岁生日时,碰到了升职加薪的喜事,高兴之余,她给自己买了辆奥迪 A4。

从此每天开车上下班,哪里有好吃的、好玩的,她就在家族群里呼朋引伴开车过去。她穿的鞋子都是上千的 AJ,青春靓丽的姿态看起来活脱脱就是个二十岁出头的小姑娘。

前段时间,她相亲认识了现在的男朋友,俩人郎才女貌,在朋友圈里秀着恩爱,更是羡煞旁人。

因为国外疫情暴发,对外贸生意影响很大。表妹手上积累了不少国内厂家的资源,就想自己创业试一试。她计划让家境看起来还不错的男友和她一起投资,为之后的婚姻生活创造好一点的经济条件。

没想到不问不知道,一问吓一跳,她发现出手阔绰、体贴周到的男友，名下的债务一塌糊涂。之前还因为做生意失败，亏空了50多万，这些亏空都透支在信用卡和各种小额贷上。

俩人一起做生意的事情不了了之，而且表妹也因为买车、平时花钱大手大脚，负担着十几万的债务。公司效益不好，降薪裁员以后，表妹一下子陷入了经济困境。

得知表妹与男友分手以后，老家许多不知内情的同学朋友还纷纷找我保媒，让我把表妹介绍给他们家的兄弟。现实生活中，像表妹这样透支未来，把眼前的生活过得活色生香的，大有人在。我们常看到朋友圈有人又换房子了，有人又买新车了，有人又开公司了，有人的老公会赚钱还宠妻，有人的公婆拼命给儿媳送豪宅，有的孩子省心还是学霸……

但很多不知道的是，每一种刻意营造的美好和幸福背后，是因为他们的生活中真的缺少这些东西。而大部分人，你看见他们过得很好，不一定是真的，只是表面现象而已。

《人间失格》里有一句话："我的骄傲不允许我把这崩溃的日子告诉别人。"没有办法告诉身边的人发生的一切，夜夜难熬夜夜熬，但表面还要做出一副云淡风轻、岁月静好的模样。

成年人的创伤和崩溃往往都是默不作声的。或许你羡慕的那个人，羡慕她过得比你好，只是因为你跟她不熟而已。

好友小唐发信息给我，诉说这段时间的苦闷和抑郁。

她说昨天在会议室顶撞了领导，今天带着愧疚上班，心情特别不好。想到每天忙于工作，没什么时间陪伴家人和孩子，她觉得自己对不住家人，对不住父母。投入那么多时间精力，但工作还是处处受挫，觉得自己的价值感很低。

但其实，小唐的完美人生令人垂涎不已：父母和婆家各有拆迁房；她是一家银行网点的主管，有着年薪三四十万的工作；保养得当，35岁的人看起来比实际年龄小很多；去年拼二胎又喜得龙凤胎。

她几乎是我们眼中的人生赢家：有房有车，儿女双全，有一份好工作，家庭关系和谐，每天穿着干练昂贵的职业套装，神采飞扬。

但是和她成为闺蜜后，我才知道，她的生活并没有我们想象中的完美顺心。

晚上要亲自照顾三个孩子，让她的睡眠严重不足；婆婆前年查出胃癌，一直在调养，平时相处中也要处处照顾婆婆的情绪；娘家父母因为帮她照顾三个孩子而累倒，几次进医院。

她老公已经失业两年了，她也因为生二胎而错失银行一把手的位置。今年金融市场受到疫情影响，她的工作压力陡然增大，已经好几次因为工作的事情崩溃痛哭。

看过小唐每天的时间行程表，我才知道哪有什么完美人生，不过是咬紧牙关苦苦支撑的中年人，但我们总是习惯去仰望陌生的幸福。

因为跟对方不熟悉，所以常常艳羡他们所拥有的一切，但我们不知道的是他们在表面的光鲜和热闹之下承受着怎样的无奈和痛苦。人生的真相是，你在仰望和羡慕别人幸福时，一回头，却发现自己正在被别人仰望着。

杨绛先生说过一句话:"上苍不会让所有幸福都集中到某个人身上,得到爱情未必拥有金钱;拥有金钱未必得到快乐;得到快乐未必拥有健康;拥有健康未必一切都会如愿以偿。"

你看,不必去羡慕别人拥有而自己没有的东西,世界上没有完美的人生,不完美才是真的人生。每个人都有自己的节奏和时区,你只需要按照自己的心愿去生活,默默努力,静待花开。

我们用两年学会说话，却要用一生学会闭嘴

小夭

单位的宋师姐，出了名地爱给人取外号。有个姑娘身高一米五，她叫人家"小矮人"；有个男同事说话柔和，她喊人家"李娘娘"。被叫外号的虽然不开心，但又不好撕破脸，每次半真半假地翻个白眼，就过去了。

新来的同事阿珊，牙缝很宽，又被宋师姐看上了，天天叫人家"大牙缝"。今天中午，阿珊提着外卖走过来，宋师姐咋咋呼呼地喊："大牙缝，买了什么呀！"阿珊瞥了她一眼，正色道："师姐，别给我取外号了，我被你叫得不敢张嘴说话了。"宋师姐不以为意，反而说阿珊开不起玩笑。饭后有人拿来一包瓜子，阿珊抓起一把正要吃，宋师姐又忍不住了："你能嗑瓜子？会整颗卡在牙缝里吧？"阿珊脸一沉，蹭一下站起来，猛地把手里的瓜子甩在宋师姐脸上，转身走了。我们看着宋师姐尴尬又生气，心里却是一阵暗爽。

揭人短和开玩笑是两码事，人家已经表明了不悦，还继续

口无遮拦，这种人说轻了是没有同理心，说重了就是内心恶毒。软舌无骨，却能碎心。很多时候，我们只顾表达自己，但说得越多，伤害就越多。

海明威说："我们用两年学会说话，却要用一生学会闭嘴。"说话有度是每个人一辈子的修行。

与人善言，暖于布帛；伤人以言，深于矛戟。那些脱口而出的话，有时对别人来说就像利刃，一刀一刀剜在心口。

看纪录片《和陌生人说话》，我泪如雨下。镜头里的两位老人，是某位已故明星的父母，五年前儿子离世，是他们永远的痛。为了走出伤痛，二老开始尝试新鲜事物，拍美食视频发在自媒体上。账号火了以后，很多人知道了他们家的事，铺天盖地的恶评涌了过来。

"你儿子都死了，还有心情吃？"

"我觉得你挺滋润的，一点也不难过。"

"如果我孩子不在了，别说拍视频，我连活着的勇气都没有。"

……

他们失去至亲，只想做点事情排解痛苦，却无端招来这么多的恶意。屏幕里，这位父亲很愤怒："我们拍短视频，说我们太快乐了；如果我们每天流眼泪，又会说我们卖惨。"

他们怎么可能忘记儿子呢？白发人送黑发人，这种锥心之痛，一辈子都走不出来。但在某些键盘侠眼里，再痛苦，只要尝试新生活，就是对过去的背叛。

心理学上有个"冰山理论",是说我们看到的水面上的冰山,只是一小部分,大部分都在水面之下,深藏不露。外人看到的,绝非事情的全部真相。你不知全貌,怎么就笃定地站在道德高地,对别人攻击、指责?你有权利不喜欢,但是请不要说出口,不要伤害他人。

没有经过调查论证,只是人云亦云、张口就来的评价,也暴露了一个人的浅薄。

我在自媒体上发读书笔记,隔三岔五有人来骂:"书这么新,肯定没读过,骗子!"发个电子书的图片,也有人喷:"显示未读,摆拍笑死人。"说我的书看着像没读过的,他不知道我对书有多爱惜,十年前看过的现在还像全新的。电子书显示未读,那是因为我用 kindle 读完的书,但它的黑白图片不好看,所以我在 ipad 上重新下载电子书,拍彩色封面。

大概这个人看过的书都摧残得不像样,所以平整崭新的书在他看来都是没读过的;他不做自媒体,所以不知道一张图片背后有多少曲折。只要是他不知道的,都是错的。实在浅薄,也实在可笑。

《荀子》里说:"言而当,知也;默而当,亦知也。"如果没有能力探知全貌,闭嘴也是一种智慧。而那些不假思索、口出恶语的人,说到底是自私,眼里只有自己。真正有修养的人,会把别人放在心里,说话自然而然就有了分寸。

《红楼梦》里,宝姐姐是出了名的会说话、会做人,得到贾府所有人的好评。家里地位最高的贾母，对宝钗赞不绝口："提起姊妹，不是我当着姨太太的面奉承，千真万真，从我们家四个女孩儿算起，全不如宝丫头。"最底层的小丫鬟们，也更喜欢跟宝钗玩，这让孤高的黛玉很是不忿。但到最后，黛玉自己也对宝钗心服口服，承认"往日竟是我错了"。

有一次大观园里玩行酒令，黛玉情急之下不及细想，对了一句"良辰美景奈何天"。这句话出自《西厢记》，在当时可是禁书，女子偷看禁书被视为品行不端。宝钗听出了黛玉的失言，但是当着众人她没有拆穿，而是等到第二天无人的时候，悄悄把黛玉拉到屋里，说要"审"她。黛玉想起自己前一日有失检点，羞得满脸飞红，拉着宝钗求她不要说给别人知道。宝钗趁机劝告她莫看杂书，万不可因此移了性情。

这番劝导，既照顾了黛玉的颜面，又真诚地提醒了她要慎言，真个把林妹妹说得满心温暖、服服帖帖。黛玉从此消除对宝钗的芥蒂，二人亲密无间起来。

人们多评价宝钗有心机，但这种"心机"，一定是真正体谅对方，才能做得到的。有太多标榜自己说话直的人，以"直率"之名，行"伤害"之实，让对方陷入难堪的境地。殊不知这种"直"，只是在发泄自己说话的欲望，远不如闭嘴来得善良。

无数先贤，都把"慎言"刻到骨子里。墨子教育弟子，"多言何益？唯其言之时也"；曾国藩一生都在"戒多言"；朱柏庐将"言多必失"写进家训……慎言很难，所以从古至今被反复强调，以做警醒。也正是因为有难度，才更能体现我们对自己的约束。

脱口而出的恶言是对别人的伤害,也将自己的浅薄暴露无遗。懂得退让、适时沉默,是一个人的修养和格局,更是植根于心的善良。愿你学会沉默,一生温暖纯良。

第四章

你自律的样子

就是你人生的样子

你的作息，决定你的格局

小夭

上周一的例行周会上，领导正在讲话，同事小亚突然推开椅子站了起来，同事们正疑惑着，突然扑通一声，小亚整个人晕倒在地上。我在旁边吓得腿都软了，大家手忙脚乱拨打了120，赶紧把她送到附近的医院。

急诊室里，昏睡着的小亚戴着氧气罩，身上接满了心电监护仪的导线。护士正在安排其他项目检查，医生在旁边焦急地等着小亚的家属赶来问询病史。看着平时活蹦乱跳的小亚此时脸上毫无血色地躺在病床上，几个女同事躲在远远的角落抹眼泪。

半个多小时后，小亚终于被安排进了普通病房，医生交代，病人身体没有大碍，但是长期过度劳累导致心肌缺血，一定要注意休息，如果晕倒没有及时送到医院，后果会很严重。

听了小亚老公的描述，我们才知道，小亚每天下班回家就躺在沙发上刷手机，晚上也是在被窝里追剧、打游戏不肯睡，有时候半夜2点醒来，看到她手机屏幕都还是亮着的。

小亚天天嚷着要早睡、要学习，朋友圈里插满了 flag，原来只是喊口号而已。控制不住熬夜，是对自己的身体不负责，也暴露了一个人的格局——日复一日地放纵自己，拿什么控制自己的人生？

习惯熬夜的人，经常用到一个借口——享受属于自己的时光。白天自由支配的时间少，晚上如果不放肆玩一会儿，就觉得这一天对不起自己。大家通过这种"报复性熬夜"，试图找回对生活的控制感，但结果却是，越熬越糟。

我之前就是如此。早上闹铃响起的瞬间，由于睡眠不足，巨大的疲惫让我负能量爆棚，觉得连睡觉都满足不了，生活还有什么意义。然后一整天都昏昏欲睡，工作或者看书都无法集中注意力。晚上一到，不甘心这一天就这么过去，又开始熬夜。我每天生活在不愿睡、起不来的恶性循环里，非常痛苦。

为了改变这种状态，我决定逼自己早睡。我定了晚上十点半的闹铃，闹铃一响，就放下手头的事去洗漱，剩下没做完的等明天再说。洗漱之后，是半小时的读书时间。之前看书的时候，总是忍不住玩手机，一眨眼过去两个小时。强迫自己改正的那些天，读书时我把手机放到五米之外，每次想走过去，就拍打双腿，告诉自己不许。十一点半放下书睡觉，想去摸手机，就左手给右手一巴掌，把自己的欲念暴力制止。

我早起的自制力不够，就约朋友互相监督。六点闹铃响，我好渴望看到朋友发信息说"咱们别起了，继续睡吧"，我知道屏幕那边的她也渴望看到我放弃的消息，但我们都不愿示弱，于是都起床了。我们各自做事,每半小时拍个照片发给对方,彼此监督。这样强制执行了一个月,早睡早起慢慢成了习惯。

正常作息之后,我以前的拖沓懒散不见了,不论是工作还是业余时间的自我提升,都比以前更专注、更高效,大不一样。柏拉图说:"自制是一种秩序,一种对于快乐与欲望的控制。"我感受到了自控的快乐,在悄然变化里体会到了更高一层的格局。

作息规律的人,都是顶级自律之人,每一天都严苛地要求自己。

在《创作者的一天世界》这本书里,我看到了很多著名作家、艺术家的作息时间表,其中美国作家欧茨让我印象最深刻。欧茨生于1938年,现已83岁,几十年持续过着堪称"精准"的生活。每天早上八点,欧茨会准时坐到工作台前,一直写到下午一点;然后吃午餐、休息或者授课,一直到晚上七点;晚餐之后,她会继续写作或者看书,入夜准时休息。她是作家、诗人、大学教授、妻子,多重身份的加持没有让她焦头烂额,反而在按部就班里,把人生推进到顶峰——欧茨发表四十余部中长篇小说、二十余部短篇小说集、八部诗集、八部戏剧、十余部文论等。代表作《她们》获得美国国家图书奖,个人多次提名诺贝尔文学奖。

欧茨说:"我一直过着一种非常有节制的生活,绝对守时,毫无异乎寻常的事情,连安排时间都不必了。"她用规律的作息滋养着充沛的精力,履行她讲师和作家的职责:八十岁高龄的欧茨依然在大学授课,教授短篇小说的创作;她保持作家的使命感,用大量的作品揭露美国社会的现实问题,为底层社会被压迫、被威胁、被噤声的小人物发声。

读《创作者的一天世界》,我本想窥探那些顶级创作者的秘密,看看他们的一天是如何的不同寻常。但读下来却发现,那些天才,他们的日常生活原来那么单调刻板。他们在固定的时间创作、运动、交谈,像清教徒一般严格自律,日积月累,有了让普通人望尘莫及的成就。

也许你会觉得,自律是名人的特权,普通你我,只能仰望。不是的,不是一个人优秀了才有好习惯,而是养成了好习惯,人才会越来越优秀。

我们都说,时间是最公平的,因为每个人每一天都是 24 小时、1440 分钟、86400 秒。但是,同样的时间被不同的人使用,就会产生不同的结果,导向不同的命运。你今天不睡不起,以后成千上万个日夜都会重复地挣扎、失控;你今天管住了自己,以后的生活也会有序前行、风雨不动。

一生是一天的叠加,你怎样过一天,就会怎样过一生。不放纵享乐,也不过度损耗,把每一天都过得"刚刚好"。

你自律的样子，就是你人生的样子

纯粹

我喜欢写作，平日也会写一些随笔，但都是看心情。

有时候灵感来了正要动笔，好朋友约逛街，我就把这写作的事抛到九霄云外去了。看完一本书，感悟很多，想要写下来，写到卡壳的时候想起购物车还有东西没下单，于是逛起淘宝又搁置了写作的事。

"你不是吃这碗饭的料"，我安慰自己，每天要上班，做家务，忙得根本没有专门的时间用来读书和写作，写不出成绩，是正常的。

那天朋友问我知不知道"菜市场女作家"陈慧的故事。她每天清晨5点多起床，6点准时推着小车去菜市场开始摆摊，卖的都是刷子、苍蝇拍、衣架、小花盆这类生活用品。中午11点菜市场下市了，陈慧也就推着她的小车回家。下午1点多，她就坐在电脑前写作。两个小时后，她还需要赶往市区进货。上午摆摊，下午写作。十年来陈慧出了两本书，其中一本因为销量太好，还加印了两次。

陈慧的故事像一道光，照亮了我的写作梦想。我们都是为生活奔波的普通人，但并不代表我们就要随波逐流淹没在默默无闻的人潮里，然后再用身不由己、生活所迫这些借口来抱怨命运的不公。开启梦想的第一步，不是好高骛远地遥望梦想，而是脚踏实地地努力。

于是，为了系统学习写作，我报了一个写作课程，需要每隔5天提交一篇文章。这时候我才发现，没有长期坚持写作，语感生疏，阅读量太少，经常没有素材可写。

我给自己制定一个计划，每天5点起床，看书90分钟，写作30分钟。计划开始的第一周，闹钟响了我却完全起不来，要不然就是勉强起床了却抱着想看的书打哈欠。提笔要写一篇文章的时候，愣是一个字都挤不出来。

熬到第二周，我才开始慢慢适应了早睡早起的节奏，每天早起洗漱后的第一件事就是坐在书桌前看书。30分钟的时间写不了一篇文章，我就要求自己写200字的阅读感受。

为了让自己不被碎片化的信息打扰，我关闭了朋友圈，卸载了短视频APP，在通勤的路上看电子书，遇到灵感和素材就及时记录在笔记本上。

前不久，领导布置了一个写材料汇报的任务，得益于阅读积累，搜索材料时，我的敏感度提升了很多。因为平时勤于练笔，下笔也不茫然了，先列大纲，然后填充细节。一篇5000字的材料，我两天不到就完成了。材料评选时，我获得了优秀奖，拿到了一笔奖金，还受到了集团大老板的点名表扬。

我只是小小地坚持了一下阅读和写作的习惯，就尝到了甜头。我们把目光投向那些在自己专业领域有所成就的牛人，不难发现，他们每个人都有在一个领域长期坚持的"有所为"的习惯，也有坚决遵守的"有所不为"的准则。这就是一个人的自我修养，一个人的自律习惯。

我很喜欢的80后作家马伯庸，每天6点半左右起床，起床后给儿子弄早饭，把他送出门后就去工作室开始写东西，到中午出来吃个饭，下午写到5点回家，每日如此。

在绝大多数人的印象里，作家应该算得上是比较自由的职业，可以随意选择工作地点，支配自己的时间。其实不然。

6年写出540万字，出8本畅销书的作家李筱懿有一张著名的作息表：每天早上4：45起床，5点开始写作，完成一天2500字的书籍、公众号或者视频文案写作进度，9点以后出门上班，晚上入睡的时间是10：30。这样的状态她坚持了6年，几乎没有间断过。

工作自由和收入自由，正是源于她的高度自律。自律带来了自由，也同样带来了掌控人生的机会。

今年的欧洲杯葡萄牙队和匈牙利队赛前的一场发布会上，葡萄牙球星C罗将他位置前的可乐移开，随后拿了一瓶水，并示意大家应该喝水。这一小小的举动反映的是C罗的高度自律。

正常运动员的体脂率通常在10%，但C罗的体脂率只有7%，他从不吃甜食，从不饮酒，每天保持8小时充足的睡眠和高强度的训练,他把自律做到了极致。足球运动员的职业生涯的巅峰时期是在 21—29 岁之间,而已经 36 岁的 C 罗,却依然保持着良好的状态,他达到了足球运动员职业生涯前所未有的高度。C 罗是传奇,然而他最初也是普通人,正是因为他日复一日的自律,才拥有了现在的成就。

　　我们观察一下身边的人,人到中年而没有啤酒肚的,大都有定期锻炼的习惯;办公室里那个 PPT 做得特别好的同事,经常下班时间还在研究各种 PPT 模板;那些让人分不出真实年龄、带有仙气的女同事,无不是长年累月坚持着护肤和运动的好习惯。

　　作家吴晓波曾说过:"每一件与众不同的绝世好东西,其实都以无比寂寞的勤奋为前提的,要么是血,要么是汗,要么是大把大把的曼妙青春好时光。"而这,都离不开你的自律。

　　你自律的样子,也决定了你人生的样子。

　　美国医生神经科学家保罗·麦克莱恩提出"三重脑"理论:人有理智脑、情绪脑和本能脑。本能脑和情绪脑的天性就是人类最初的模式——即时享乐模式。

　　我们吃垃圾食品,躺在沙发上看剧,是因为我们接收到了"超常刺激",会让我们沉浸于短暂的快乐,这种是降低人生维度的快乐。而自律的本质其实就是利用理智脑去调动情绪和本能,让我们对更远的欲望产生更强烈的渴望,就是拥有更长久幸福的能力。

我们普通人的自律可以从生活小习惯开始：定期整理收纳用品，不乱买东西；不碰烟酒，少喝奶茶，每天八杯开水；我们有钱的时候去看看外面的世界，没钱的时候多看看书，不要让生命在生活的琐碎里慢慢枯萎。

如果你向往更广阔的人生，就从现在开始自律起来。如果你现在就开始行动，岁月将给你答案。

努力和不努力，过的是不一样的人生

纯粹

前两天刷朋友圈，看到好朋友丽丽发了一条动态，她拿到了市残联颁发的"最美儿童康复治疗师"的荣誉证书。我激动地在下面留言：太棒啦！你值得！

她马上私聊我说："我既不是科室资历最深的一个，也不是业务能力最强的，得到这个荣誉，我还是很惊讶的。"但我一点也不惊讶。在我印象里，丽丽是一个特别踏实的人，从不会刻意表现自己，也不会拍领导的马屁。为了让孩子取得进步，她利用周末时间自学心理学课程，也常常自愿加班做教具。

前段时间，她主动和领导提出将集体课都换成个训课，给孩子针对性训练，相对集体课来说，奖金少了很多。桃李不言，下自成蹊。丽丽在孩子们身上付出的努力，得到了领导和家长们的一致肯定。

杨绛先生说："人要成长，必有原因，背后的努力与积累一定数倍于普通人。"对此我深有体会。

我一直都喜欢阅读，买书也是我一大乐趣。偶然间我刷小红书的时候，看到好多读书博主都收到了出版社免费的寄书，我心动了。于是我决定利用业余时间来做读书博主，一是监督自己读书，二来我也希望能收到出版社的寄书。

自从做了博主以后，我就养成了规律阅读的习惯，每天保证1小时的阅读。坚持每天写下几百字的感想思考，努力压榨读过的每一本书。最开始看到惨淡的数据，心里不是滋味，辛苦写的东西没有人看。

后来我就安慰自己没什么大不了的，本身做这件事就是为了提升自己，被人看到那是锦上添花的事。就这样，我按照每周2—3篇的频率，连续发了2个月，直到有一天，有编辑联系我，要给我寄书了！收到信息的那一刻，竟然有种想哭的冲动。

我做读书博主已经130多天了，现在每天都能收到不同出版社的邀约，被越来越多的人看见。前不久和我一起上小红书课的一位伙伴问我，为什么没人给她寄书？我看了她的主页，除了刚学课程时发的一篇笔记，后面陆续更新了几篇，已经快1个月没更新了，没有付出努力，自然也就没有人看到。

从无人问津到被大家所看到，我知道不是运气让我"火"了，而是几十篇无人问津的笔记磨炼了我的语感和寻找选题的敏锐度。生活没有白走的路，每一步都算数。要知道，每一颗钻石在被发现之前，都要忍受上万年被掩埋在地底下的寂寞时光。

大器晚成的傅首尔通过《奇葩说》成名时已经35岁了。而成名之前，傅首尔已经付出了漫长的持续努力。贫穷的童年让傅首尔从小就种下一个作家梦，她希望通过写作来改变一家人的生活。于是下班回家后，她没日没夜地看书、写博客，给杂志投稿，唯一的娱乐活动就是逛超市。

过了30岁，她和老公放弃老家安稳的生活，辗转于上海、北京闯荡。无论生活在哪座城市，她始终坚持读书写作。有了孩子，把娃哄睡后，再晚也要在写字台前看书写作，即使是产后抑郁的那几年，她也笔耕不辍，这一坚持就是10年。

傅首尔报名《奇葩说》，连海选都没通过。她坚持参加了《超级女声》《成语大赛》等节目，不断积累舞台经验。她知道自己没有很高的天分，没有加分的颜值，只有通过长期努力，才能被看到。

参加了五季《奇葩说》，傅首尔终于在第七季成为BBking。在《奇葩说》的每一场比赛中，她都尽力把自己做到最好：写稿写到半夜，脚崴了照样上场，为了把稿子背熟练甚至3天不睡觉。终于，她一步步地赢得了观众的掌声。

后来站在《奇葩说》的舞台上，她说："今天的我，如果让大家觉得身上有一些光芒，那是因为我把一个女人最美的那几年，都花在那张冷板凳上。"

是的，十年来对梦想的努力和坚持，为她后来走向更大的舞台，积累了丰富的创作经验，为她的人生迈向新高度奠定了基础。

作家格拉德威尔在《异类》中说："人们眼中的天才之所以卓越非凡，并非天资超人一等，而是付出了持续不断的努力。"

电影《垫底辣妹》中的沙耶加开始是一个彻底的学渣,她作为一名高二学生却只有四年级的知识量。如果继续荒废时间游戏人生,沙耶加今后的生活将一直沉沦在社会的最底层。

当沙耶加计划改变这种毫无希望的生活时,她幸运地遇到了温暖的坪田老师。补习班入学小测试时,没做对一道题。坪田老师不但没有批评还鼓励她:"虽然都答错了,但是所有的解答栏都填满了,积极向上的态度,非常好。"

坪田老师鼓励沙耶加写下自己的目标并帮助沙耶加制定了一系列学习方案。为了让自己专注努力,沙耶加剪掉了自己留了几年的金色卷发,换上了普通校服,压榨一切时间来学习。走路的时候背单词,吃饭也在看学习资料,晚上睡觉还要盯着天花板上的世界地图熟悉地理知识。她还把知识点都抄在便利贴上,贴满了整面房间,这样一醒来就能看见。

经过一年多的努力,沙耶加终于如愿考上了庆应大学。

我们每个人都曾经历过那个每天做不完试卷、看不完书的时代,沙耶加自我觉醒和努力逆袭的故事让人感同身受。其实,只要能狠得下心来努力和改变自己,每个人都可以迎来脱胎换骨的蜕变。

你要相信,努力和不努力,过的是不一样的人生。世界上有两种东西的光芒最耀眼,一种是太阳,一种是我们努力的模样。

人没有坚定信念，走不了任何路

悦辰

很多时候，我们的焦虑和迷茫并非来自事情的本身，而是一些外界的声音。得知我还在做自媒体，周围出现了好多"关心"的声音：

"你这个项目呀，好多人都没有做成。"

"现在自媒体红利都过去了，你还是做点别的吧。"

"写作能赚钱？现在有几个人看书啊。"

其实不论你做什么事情，这些看似关心、实则泼冷水的人从来不会少。他们只看到自己做不成事情的短板，看不到别人想要做成一件事的信念。身处在互联网时代，我们接触到的各行业的佼佼者，即便是今年起步的小红书博主，也有很多做到了十几万粉丝，一个项目沉寂几年，坚持到最后一举爆发也是常有的事情。除了机遇和风口，别小看了信念的力量，坚持下去，终会守得云开，看到希望。

前段时间出去开会，路上有一条美食街，我居然看到了心心念念的"吉林煎粉",自从离开家乡来上海工作,已经好几年没有吃过家乡的煎粉了。

说起煎粉,有个熟悉的身影和吆喝声常浮现在眼前。记得我们小学门口,有一家吉林的特色小吃煎粉店,准确说那还是个临时搭建的棚子,条件比较简陋,但是桌椅擦得锃亮干净,重点是口味很正宗,一到中午,小棚子里挤满了来吃煎粉的人。灶台上滋滋冒着热气,老远就能闻到香味。

老板总是一边忙着手里的活,一边抬头跟老顾客点头打招呼:"快里面坐,今天来点啥?还是老样子?"一边说着一边麻利地磨粉,装模具,蒸粉。偶尔忙完了,他就站在灶台旁边看看吃煎粉的客人,露出满意的笑容。

但这样和谐的画面经常被打破,城市卫生临检时,这个棚子就得撤走,有时候一碗煎粉做到一半,检查人员吆喝驱赶着,老板一边点头一边微笑着说:"马上就走,让这位客人吃完,马上就走。"

过了饭点,客人不多的时候,老板就会一边招呼一边起锅做煎粉、调制汤料,一会儿调调锅的温度,一会儿转身看蒸的粉有没有熟,左顾右盼,终于是叮叮当当码好了一排煎粉,再挨个浇上汤料,擦擦汗,端给客人主动搭讪:

"咋样啊,俺家粉?好吃不,今天这辣椒我换了一家。"

"真不错,就喜欢你家这正宗的口味。"

"那是,就俺家这粉,用的是新年粳米,这爽口是独一份。"

老板那得意又淳朴的热情劲,完全感觉不到他是在做生意,这每一碗煎粉都像是他骄傲的作品。

后来小城市里陆续开始有了各种"洋快餐"、甜品店,大家一开始觉得新鲜，很多原来在学校附近做小吃的摊主也都改行加盟新式快餐店铺了，煎粉店的生意忽冷忽热。

煎粉老板依旧每天做煎粉，琢磨口味，不管来几个客人，他一如既往地热情服务。

有时候老客人也会和他打趣："老哥，现在的年轻人都爱吃啥汉堡包了，咱这东西没人吃了，你寻思换换其他生意不？"

老板总是笑呵呵回应："咱这东西啊，吃了几十年了，别的地方没有，赶不上俺这味儿，这手艺可不能断在俺这儿。"

虽然只是五元不到的一碗煎粉，他却视为毕生要坚持的事情。慢慢地，过了新鲜劲的人们还是会时常来吃份老味道的煎粉，这家煎粉摊也越做越大。小棚子变成了大门面房，后来还开了分店，名气也从学校附近传到周边的地区。很多熟悉他家煎粉的老客人都说，他家的煎粉是很多外出打工人回家的动力。我回去吃煎粉的时候，经常遇到一波又一波食客，都说是开车十几公里来吃这一碗煎粉的。

信念的力量，让一碗不起眼的煎粉做成了大生意。虽然我已经近10年没有吃到家乡那一碗煎粉，但每每遇到困难，总是能想到老板那淳朴的笑容和信念坚定的神态，很多时候都在给予我力量。

我本职工作是中医药研发，进入这个行业十年，更是真切地感受到了信念的重要性。十年前，作为世界医药权威代表，美国药典还不接受中国学者递交的中药类目材料。

我所在的课题组为了打破僵局，负责制定中药材的标准并使之符合美国药典的审核流程。为了完成这项任务，我们进行了无数次被推倒重来的实验。

很长的一段时间里，我们课题组成员都没有周末和下班的概念，实验室的灯永远是亮着的，仪器永远在运转。大家轮流盯着仪器和数据，累了就摘下眼镜靠着椅子眯一会儿，听到数据出来了立马惊醒趴在电脑前分析。到了晚上就把折叠床往办公室里一放，躺上面盖一件衣服就休息了，后半夜数据结果出来了，就接着开会讨论实验结果。

这些组员有的是刚休完婚假的年轻人，有的是孩子还不会走路的新手父母，还有的是家里有孩子要中考高考的中年人。他们的付出不是为了奖金，不是为了自己，只是为了那个他们心中一直坚定的信念，希望能把中药这枚瑰宝推到它该有的重要位置。

经过了几轮驳回、重审、重新提交，终于在2012年，成功地让第一味中药的质量标准写入了美国药典，而中国学者的科研能力也得到了美国药典委的认可。而且这一次突破为后续十几个药材相继写进美国药典，奠定了基础。当我们的课题组长走进人民大会堂，接受国家主席颁奖的那一刹那，所有课题组的成员们都流下了眼泪，中医药的价值终于得到了世界的认可。

在我埋头从事中医药研发的那几年，身边好多亲戚朋友劝我转行赚钱更快、更有前景。我选择坚持，相信一切都是暂时的，中医药的疗效历经几千年的验证，不会被轻易淘汰。

果然，2016年，国家开始鼓励振兴中医药，随着新的法规政策的实施，特别是中药在克制新冠病毒中发挥重要作用，国家药监局受理的中药新药数目显著增多，人们慢慢又注意到了这个曾经被冷落的瑰宝。

我坚信中药的医用价值，也喜欢中药那种历经岁月沉淀的文化价值，就像我喜欢的中国传统诗词文化，魅力无穷，底蕴深厚。《中国诗词大会》是我每期必看的节目，因为这里同样有一群热爱传统文化的同频人。

2018年中国诗词大会第三季的总冠军是外卖小哥雷海为。他以中专学历打败了北大文学硕士。雷海为从小热爱诗词，别人等餐的时候都在刷手机，他会把随身携带的《唐诗三百首》拿出来看。这样一单外卖送到了，一首诗也背会了。

舍不得买书的他经常去书店看诗词的书，看一首就背一首，回家再默写下来。如果有个别字句有错漏，下一次再去看，再背。他坚信诗中有太多的人生道理，无论遇到任何困难都不能放弃读书，放弃诗词。凭借着对诗词深深的热爱与执着，雷海为终于站在了《中国诗词大会》第三季的冠军领奖上。如今雷海为的职业也从外卖小哥变成了诗词教研老师。对诗词坚定的热爱，最终改变了他的人生。

正如雷海为夺冠后，主持人董卿给予他的评价一样：你在读书上坚定的信念，都会在某一个时刻给你回报。

信念是一种来自内心最强大的动力。在坚持不下去的时候，在听到不友好声音的时候，在陷入苦恼无所适从的时候，信念都会给我们力量，让我们坚定地走自己的路。

当你真心想做一件事，全世界都会为你让路。

甘于平凡，就会永远平凡

晚柠

偶然看到朋友圈有句话："甘于平凡，安于现状，就是最美的人生。"再翻看这个朋友过往的信息，尽是三十出头的岁数，却活出了五六十岁的疲倦，在本该拼搏的年龄，却选择了安逸和平凡。

类似的内容之前也在微信里看到过，每次都为这些人感到痛惜，看似平凡带给他们的安定就是好运，可实际上，那只是一个不求上进的借口，是一种安于现状的理由。

久未联系的表姐打来电话，想托我给外甥女在医院物色个合适的职位。我好奇她大学毕业后就进了一家大国企，当年还被领导当作重点培养对象，怎么不到三年，就想换工作呢？

表姐无奈地说："企业大的缺点就是员工太多，领导哪儿能每个人都记得住。再说这种单位比较保守，也没什么好机会。"

我问起当年和她一起入职的同学最近怎么样，表姐哼了一声，轻蔑地答道："人家有关系，后台硬得不得了，又会拍马屁，所以早就公派出国了。听说明年回来就升职，你外甥女可不屑那么做。"

我又问了问除了专业，她还有什么其他技能，结果表姐说女孩子就是图个安稳，也没什么高攀的想法，踏踏实实有个工作挣钱养活自己就行了，学其他的有什么用？再说回家累得要死，工资也不高，哪有闲钱和精力学别的？

我赶忙接过话："现在自媒体平台多火，外甥女年轻貌美，正好可以尝试一下，说不定可以赚点零花钱……"还没等我说完，表姐说她其实也不在乎钱，对名利没什么需求。

我听后，哑然失笑。

在我看来，外甥女和她妈妈一样，本质上根本不想尝试，不想上进，更不想改变。她安于现状，在自己的舒适区里碌碌无为，却给这种懒惰穿上了平凡的外衣。

林清玄说："不管做什么事，在失败的时候如果还有借口，那就是还未曾尽过最大的努力。"然而，甘于平凡的人会把人生止步不前归因于当下的条件，然后惋惜自己生不逢时、怀才不遇，与其说他们享受现下平凡的生活，不如说他们根本没有勇气面对挑战和失败。

要知道，每个人的强大都经历着时间的磨砺；每个人的成功都来自汗水的积累。当青春逝去，有些人成了自己喜欢的样子，而有些人，已面目全非。这些人一生碌碌无为，还安慰自己平凡可贵。

我和女儿都特别喜欢看一档闯关节目，名叫《谁是未来的百万富翁》，参赛选手们答题每过一关都可以赢得奖品，随着闯关难度的增加，奖励也会越来越丰厚，直到最后可以累计赢得百万奖金。

然而我发现很多选手开始的时候，回答问题又快又准，闯关顺利，但真正能拿到最有诱惑力的全额奖金的人却寥寥无几。大家都抱着见好就收的想法，放弃了最终的挑战。

而整场比赛结束后，节目组亮出了最后一关的题目，让人不可思议的是，它居然简单到大部分人都能答对，选手们没有一个不为自己当初的放弃而懊悔不已，有的捶胸顿足，有的和朋友相互拥抱，想哭又哭不出来。这说明事情并非像大家所想的那样，而是因为有了设限才止步不前。

人们都非常渴望机遇，但当机遇真正到来的时候，又出现自我逃避、退后畏缩的心理，这就是"约拿情结"。它无数次导致我们不敢去尝试更多，甚至逃避发掘自己的潜力。那些见好就收的参赛者们，正是陷入了这种思维，才放弃了闯关，放弃了尝试。

力克·胡哲说："错的并不是我的身体，而是我对自己的人生设限，因而限制了我的视野，看不到生命的种种可能。"

只要不为自己的人生设限，所有的为时已晚，都可能是另一种恰逢其时；所有的不可逾越，都可能是近在咫尺。因为心有所信，方能远行。

我在心理咨询时曾遇到这样一个小伙子，他一年换了三个工作，每个地方待不了两个月，老板就开始挤对他，好不容易第三家公司想重点培养他，却因为他所负责的项目数据丢失了而失去机会。

我问："你觉得自己的绩效怎么样？"他说一直处在中下游，因为大家都不好好干。我又问他人缘如何，他说平时上班很少说话，中午吃饭的时候戴上耳机刷剧，下班后赶紧回家联网游戏，很少参加公司的活动，甚至在离职的时候他还有同事叫不上名字来。

我再问："工作中不主动提升自己的能力，也不努力改善人际关系，凭什么要老板喜欢你呢？"他默不作声，最后为自己辩解，之所以这样是不想表现得太突出，枪打出头鸟，容易惹事。

我无法理解他的逻辑。面对领导的刁难，你有努力工作吗？面对同事的忽视，你有让大家都喜欢你的办法吗？不是平平凡凡，就能得到别人的喜欢；也不是不出风头，老板就会因为踏实而信任你。你需要的不是永远换新的环境，而是一个全面成长的自己。

《越勇敢越青春》里的一段话：你所得的回报之所以没有达到你的期望，是因为自己的付出还不够多。

人生没有白走的路，今天所有的事与愿违，都是明天惊喜的铺垫；所有的坚持不懈，终将得到岁月的奖赏。你相信什么，就会得到什么，挑战别人不会做的事，才能过上别人无法过上的生活。但你如果甘于平凡，则会永远平凡！

有的人一辈子只活了一天，剩下的无数个日子都在重复；有的人活了一年，每一天都无比精彩。别再用平凡伪饰自己的不足，努力做个不平凡的人，生活才会越来越精彩。

认识自己是一切问题的答案

林曦

在古希腊，德尔斐是人们问神的地方。传说三千年前，在阿波罗神庙的门楣上刻着这样的一句话："认识你自己。"这就是著名的德尔斐神谕，让无数先哲们深思。迷茫的古希腊人站在神的面前，一遍遍提出心中的疑惑，渴望神的解答。在同时期距离他们遥远的中国，也有着在甲骨上画字问卜的一群人，把甲骨烧出裂纹来判断吉凶。神真的能给出答案吗？其实无论是在古希腊还是古代中国，当人们虔诚地问着神灵时，也是一遍遍内心自我叩问的过程。

比如，有时我在想要做一件事时，面对多种的选择而犹豫不决，于是我拿出钢镚抛向空中，期待它落地的时候能给自己一个答案。如果答案不是心中有所偏向的那一个，就劝告自己再来一次，直到符合自己的期待为止。你看，在这个一次次抛钢镚的过程中，实际上就是我一次次发现自己真实想法的过程，也许我心中早已有了答案，只是我还没有发现，我需要的只是客观上的一个肯定。

认识自己说白了就是知道自己的可能性，知道自己的优劣势，并善加利用。我的姐夫家在农村，很小的时候父亲就过世了，全家兄妹五人，全靠母亲一人抚养长大，他当时只有一个信念：知识改变命运。后来考上了不错的大学，现在事业有成的他成了全村的骄傲。

巧合的是他的亲外甥，命运和他极其相似：上初中时母亲去世，还有两个年幼的弟弟。从此他便一边上学一边帮家里干活，高中毕业他只考上了一所大专。这时两条路摆在他面前，一是去打工，能快速地帮到家里，要知道在农村中学就辍学的人比比皆是；二是继续上这个大专，结果可能是毕业后也找不到工作，白花钱。自己的舅舅通过努力改变命运的事情，仿佛在他面前画了一条清晰的人生规划路线，他坚持上学。一大家子的亲戚朋友伸出了援手，帮他凑齐了学费，从此后他再没向家里要过一分钱，一边打工一边上学。后来专升本，本科又考上研究生，现在正在读博士。

在别人看来这是一个励志的故事，但当你了解了这个男孩的想法时，你会惊叹于他对自己有着清醒的认知。没考上好的大学，他知道不是自己能力不行，而是因为要照顾家里，没多余的时间学习造成的。家境贫寒，他也没有怨天尤人，为了挣脱命运，他咬牙坚持自食其力。俗话说，救急不救穷。既然自己选择了上学，就不能指望别人一直帮忙，他清楚自己手中的筹码并不多，这是他唯一能掌控的事。

有人说，谁了解世界、谁了解他人就是有知识，而谁了解自己就是有智慧。而当你能清楚看到自己的内心时，就有了答案。

那么，有什么方法能帮助我们认识自己呢？樊登在讲《高绩效教练》时，运用书中的方法曾帮他的朋友解决了一个难题，这个方法我也屡试不爽，其实就是引导自己怎样挖掘内心真实的想法，看清自己内心的一个过程。

这个方法只有四个步骤：一、理清目标；二、分析现状；三、建立自我责任；四、确定自我意愿。

以他朋友的故事为例：一对三十多岁的夫妇找到樊登，问题是这个妻子一直纠结在事业的上升期，是要生孩子，还是继续工作。这个问题已经成了家中的焦点，只要谁提到，她就会焦虑，甚至会哭。

第一步，他问女方："你来找我，你的目标是什么？"女方说："我觉得很乱，我希望我的工作和生活可以平衡一点（目标不清楚）。具体就是我得在今年年底之前，在生孩子和工作当中做出一个决策（这回清楚了）"。

第二步，他问女方："那么你的现状是什么？"她说："现状就是工作太累，整天出差，身体吃不消，根本没法生孩子。"又问："跟这件事相关的人都有谁？他们都是什么态度？"她回答说："老公、婆婆、老板。老公支持我的决定，婆婆肯定是想要抱孙子，我不知道老板的态度，因为我没和他说过。"又问："那你为这件事做过哪些努力？"女方想了想说："我什么都没做，只是自己纠结，然后和老公发脾气（清楚地知道现状是什么，问题在哪儿）。"

第三步，他问女方："你有哪些选择？"女方回答说："我要先去和老板谈一下，让他给我调整一下工作，然后我利用半年的时间把身体调理好，如果可以，我就生孩子。"又问："如果不能呢？"女方回答："如果不能，就辞职（找到自我责任）。"

第四步，他问女方："你回去后打算怎么做，第一步是什么？"她回答："和老板谈，和老公谈，老公肯定没问题，会支持我。"最后一个关键步骤，他问女方："你回去后做这件事情的可能性有多大，如果是十分的话，你打几分？"她说："三分。"三分就意味着她有可能不做。又问："如果让你调整一个指标来让这个事的可能性放大，你会怎么做？"回答："如果我不在乎老板的想法，那这事的可能性就会高很多，反正我都打算辞职了，我愿意试试（有了具体行动内容）。"

在整个问答过程中，丈夫都坐在旁边听着。这个妻子通过自我反省、自我整理，找到了解决的方法，她觉得心里边忽然放下了一块大石头，整个事情就这样被自己想得明明白白。

其实这个过程就是自我认知的过程，认清现状，认清自己的内心。

苏格拉底说："我所知道的一件事就是我一无所知，知道自己最无知的人才是这个世界最聪明的人。"

老子也说："知人者智，自知者明。"

生活中，我们不断地会碰到各种问题，我们到不了德尔斐，得不到神谕，也没有甲骨让我们问天。但是，我们能通过学习，通过提升对自己的认知，做到不断内观，认识自己，完善自己，更好地去适应这个竞争激烈的社会。

喜欢将就，其实是没有算清成本

林曦

自从搬进新房子，我家卫生间的地漏下水就有点堵，地板积水一直困扰着我。我先生见状自信满满地说小事一桩，接着他花了300多块钱，去买了一大堆维修工具。时不时就能看到他蹲在地板上捣鼓那个地漏，每次修完都能通畅下水，但过不了几天又淤堵如故。就这样时好时坏，凑合用了七年。昨天地漏又堵住了，先生出差不在家，我找来专业的维修师傅，只见他拿出一台带有软管的机器，软管顺着下水道进去，从里面勾出不少塑料胶带，可能是装修房子时，师傅不小心将胶带冲进下水道了。不到20分钟，师傅就把下水管道疏通了，只收了100块钱。听着顺畅的"咕噜咕噜"的下水声，我的心情瞬间被治愈了。

没想到困扰我7年之久的事情，别人只用20分钟就轻松解决了。多少次不开心，多少次想发火，竟然只要100块就搞定了，过去凑合着用的想法给自己带来了很多负面情绪，这种将就的行为真是让我后悔。

作家蔡池曾说:"生活中有'小沮丧',也有'小确幸',我们不要把微小而幸福的事当作平常,而应当作一种恩赐。生活这件事,再难也别将就。"

生活中很多人喜欢将就,无非是为了省钱和省事。结果不但付出的时间成本和金钱成本更高,还让自己处在一种负面的情绪之中。要知道负面情绪远比损失时间和金钱产生的副作用更大。

前些年,为了创业,我整日忙于公司的事情,觉得做饭这件事太费时间和精力了。孩子要么去奶奶家吃饭,要么就跟着我们去公司旁边的小饭店凑合。我把吃饭当任务,每次吃饭像打仗,慌里慌张,吃完后就去忙自己的事情,话也说不上两句,孩子每天在办公桌上写完作业,就自己回家睡觉。后来老师打来电话,我才知道孩子的成绩在那段时间下滑得很厉害。听到老师的投诉,我心里的火上蹿下跳,对着孩子就是一顿吼。那段时间我处于极度暴躁的状态,回家经常和老公吵架,对女儿说话也很没耐心。

有一次,女儿去同学家参加生日会,回来后告诉我,同学的妈妈会做很多菜式,拔丝苹果、可乐鸡翅、糖醋排骨……女儿小小的脸上满是羡慕的表情,我的心里愧疚又难过。公司业务稳定以后,我开始在家学做饭,不再带着孩子东一顿西一顿地将就了。真正自己动手做饭以后,我才发现,其实做饭远没有想象得那么难,只要用心,简简单单的一顿饭女儿也吃得有滋有味。晚饭后,我收拾卫生,女儿在家安安静静地做作业,岁月静好。从那以后,我意识到家中无小事,一顿饭的将就可能就是一辈子的将就。如今我的厨艺早已突飞猛进,女儿有时还会带同学来家吃饭,很是得意。

其实,生活品质从来都和经济条件无关,只和心态有关。著名作家汪曾祺一家人曾经住在50平方米的两居室,尽管一生颠沛坎坷,但他从不将就一茶一饭。他说他到了一个地方,最爱逛的地方是菜市场,不仅爱逛,还爱做菜。有朋友从美国来访,他特地做了一道煮干丝,不是这道菜如何稀罕,而是汪老加了一种"深情"的佐料,是为远离故土的人做的一道"情怀菜",朋友最后连汤都端起来喝掉了。他把买菜做饭这种消磨人的事儿都能做得这么有情趣,将最平凡简单的日子过得活色生香。

苏芩说:"宁可孤独,也不违心,宁可抱憾,也不将就。"一个人最好的感情观,不是勉强维持此刻的幸福,而是成全自己的余生。

我的朋友琴和丈夫已经分居五年了,两人的婚姻只剩下一张纸在维系。丈夫出轨后,并没有和琴提出离婚,只是回家的次数越来越少。琴秀气端庄,贤惠能干,深得公婆喜爱,虽然自己有工作,却因为娘家在农村,怕别人笑话,总是缺乏勇气面对事实。她说只要丈夫不主动和她提离婚,她就这样将就着过。

有一天晚上,她在街上闲逛时,偶遇丈夫和情人在散步,她反而吓得躲了起来，怕被丈夫看见。事后琴觉得很委屈，向我哭诉。我问她为什么不离婚，她说是为了孩子，其实我知道她顾虑更多的是别人的闲言碎语，父母失望难过的心情。她以为年龄大了，丈夫肯定会迷途知返，五年都熬过来了，还有什么不能将就的。

将就一段感情和将就一顿饭，背后的意义是不一样的。琴的这种将就心理在心理学上叫作"沉没成本"，不舍得前期付出的时间、金钱、努力，导致在决策的时候经常做出错误的选择。《简·爱》里曾说："爱是一场博弈，必须保持永远与对方不分伯仲，势均力敌，才能长此以往地相依相息。"在这一场博弈中，琴可以说是完败。感情决定了一个人在生活中的喜怒哀乐，生活不能跟自己过不去，所以不要让自己活得太委屈。

在人际交往中，人们往往想通过外力来肯定自己。网络把现代人的朋友圈扩大了几倍，喜欢的不喜欢的，只要你进去了，就要花精力去应对。在不适合自己的朋友圈里将就，把自己搞得焦头烂额，这就是没有考虑到朋友圈也有成本。

我先生是自由职业，总想着朋友越多越好，工作之余常常周旋于他所谓的朋友圈中，陪吃饭、陪聊天、陪下棋。回到家后，酒气熏天，连女儿都嫌弃他。但其实他也不是完全享受这个过程，每次朋友有约，他觉得去了，应酬得很辛苦，后悔；不去，总觉得自己错过了一个亿，更后悔。人到中年，精力是有限的，他在应酬中变得越来越焦虑，逐渐怀疑自己的能力。

一次偶然的机会，先生加入了一个书法爱好群，大家定期交流学习，时不时举办一些书画展的活动。他喜欢这种氛围和人际关系，不远也不近，不用处心积虑。之后，他出去应酬的次数越来越少。工作机会也没有因为拒绝应酬而变少，他也有了更多的时间陪家人。

真正有质量的人生，都不是靠拼命社交建立起来的。就像余华《在细雨中呼喊》里写的："我不再装模作样地拥有很多朋友，而是回到孤独之中，以真正的我开始了独自的生活。"

其实将就和不将就只是一种心态，和钱多钱少没关系，就像生活水平和生活质量没关系一样，有钱可以提高生活水平，却不一定能够提高生活质量。这也将就那也将就，最后就会变得没有原则。将就的生活枯燥无味、无趣、了无生机，时间久了，甚至会怀疑生存的意义，对生活消极。愿我们都能怀揣一颗不将就的心，在平凡日子里过出不平凡的滋味。

虽然辛苦，但依然要选择滚烫的人生

加贝

前几天接到发小青云的电话，她热情邀请我去云南大理参加她的婚礼，顺便在她经营的民宿小住几天。我很惊讶，没想到她真在大理开起了民宿，过上了想要的生活。回想起来，一场大病给青云的人生带来了翻天覆地的变化。

最开始，青云是个文静乖巧的女孩，毕业后她按照父母的安排，从旅游管理专业转行做了财务，接着又按部就班地相亲、恋爱、订婚。前年，青云做了一个大手术，差点下不来手术台。在鬼门关走了一趟后，青云仿佛变了个人。她不顾家人的反对，迅速解除了婚约、提出辞职，义无反顾地去了她最爱的城市——云南大理。

"你有没有在听我讲话呀？"沉浸在回忆里的我被青云清脆的声音唤回现实。从青云洋溢着喜悦的声音里，我知道，她正在按照自己的意愿，幸福地生活着。

现实生活中，很少人能像青云这样，打破"社会时钟"去做自己想做的事情。大部分人都在既定的轨道上,遵守着"到了什么年纪就该做什么事情"的社会潜规则。

乔布斯说:"你的时间有限,所以不要为别人而活。"体验过生命无常的青云明白了这个道理,所以她宁可舍弃到手的一切,也要不惜一切代价去追梦,去打破按部就班的生活。

以前的我和青云一样,也是按部就班生活的人。毕业后,我在事业单位上了三年班,工作没有压力也不用打卡,但每天做的事情都是一样的,收收报纸,转发一下微信,做做会议记录,一天就过去了。那段时间,我一边焦虑着,一边在工作之外寻找一线生机。

我开始学吉他。一个大雪飞舞的晚上,下了最后一班公交车,我背着吉他匆匆忙忙往家里走。回到家,我躺在沙发上想:今晚我学会了一首歌,太有成就感了。下周要学哪一首呢?坚持弹几年才会变得很厉害呢?以后我可以教几个小学生吗?

想到这儿我不由得笑出声来,思绪被打断。不行,我得写下来,我立刻从沙发上跳起来,找到一个笔记本,抓起笔就写:今天我学会了弹《平凡之路》,太开心啦!流水账写完后,我合上本子,感叹写下来的感觉真好啊。

从那以后,每天晚上记录,成了我的习惯。工作中的烦心事、和朋友吃过的美食、看完电影的感受,我都通通记下来。写了三个月,我发现生活中有趣的事情竟然那么多,和朋友去咖啡馆探店,路上被一只小黄狗追着跑;带妈妈去买衣服,坐了反方向的公交车,被载到一个新开发的景区,两人开心玩了一个下午;春游拍照时,一只小鸟落在我肩膀上,吓得我不敢动弹,朋友抓拍到了一组搞笑的表情包……

我终于明白,只要打破一成不变的生活,平凡的日子也会闪闪发光。而写作正是帮我打破一成不变的那把锤子。为了让这把锤子更有力,我加入了一个写作营,开始认真对待写作这件事。

闺蜜说我瞎折腾,但我知道这是我要牢牢抓住的希望之光,尝过了按部就班的无味,我已经找到了真正的热爱所在。工作不忙时,我不再参与同事们的泡茶聊天局,专心看自己的书;一到下班就赶回家,查资料,写文章,做自媒体,忙得不亦乐乎。有天晚上找素材,竟忙到了夜里一点多,但我丝毫没觉得累。我想这就是为热爱的事奔赴的感觉。

最近在自媒体平台大火的张同学,只有初中学历,以前在工厂做着三班倒的工作。现在他想换种生活,就回到农村老家,拍起短视频。

没有专业知识的张同学通过看大量电影和大V的视频,来学习其中的拍摄手法。刚开始,他只能拍摄花花草草。为了预防手机没电,他坐在插线板前剪视频,一剪就是一两个小时,别人说话也听不见。不会写脚本的他,只能通过想象来实现,想拍什么场景,脑子里想象出哪个角度最好,然后把脚本、内容、剪辑全都在脑子里过一遍。张同学开通短视频账号的2个月内,收获了1500万粉丝。没有选择按部就班的张同学,踏上了开发潜力之路,付出了不疯魔不成活的努力,将自己的潜力发挥得淋漓尽致。

作家胡廷楣说:"人生最本质的财富,是你自己,你自己就是一座巨大的矿藏,只要开发,就能有无穷的潜力。也只有开发,你的一切才能显现出来,才能熊熊燃烧起来,才能闪出光彩来。"

我喜欢电影《布鲁克林》中的女主角爱丽丝,她通过自己的努力,拥有了选择的机会和自由。

爱丽丝在爱尔兰找不到好工作,只能去面包店当售货员,挣的钱连衣服都买不起,还要受着店主的讽刺和蔑视。舞会上没有男孩子愿意和她跳舞。后来,在姐姐的帮助下,她来到美国寻求新生活。

然而初到美国,她无法融入室友的聊天,作为百货公司导购不会笑,不会聊天,深夜因为想家偷偷地哭。她过得很艰难,但是没想过后退,努力去适应一切。上班时,她刻意练习微笑,努力找话题和顾客聊天;晚上去上夜校,学会计;休息时,积极跟舍友们去参加社交舞会。

经过努力,爱丽丝很快适应了美国快节奏的生活,她考取了会计证,得到了记账员这样体面的工作,还遇到了一个优秀的男孩。那个胆怯、土里土气的女孩儿脱胎换骨,变成了靓丽、活泼、自信的人。爱丽丝勇敢地踏出了按部就班的生活,几经努力得到了想要的生活。

生活没有标准答案,每个人都有自己的注脚。面对一成不变的生活,我相信很多人都愿意做出和北野武一样的选择:即便是有机会让我的人生重新来过,我想我还是会选择那种会以几亿度的高温飞速燃烧的人生。打破按部就班的生活可能会辛苦，却能体验到烟花般绚烂的人生。虽然辛苦，但依然要选择滚烫的人生。

即时满足的快乐不是人生的解药

一念

今天我和小糯米在医院等医生叫号时,一个阿姨正在让人扫码送玩具。看到小糯米直勾勾盯着她手里的玩具,阿姨慈爱地拿了一个塞到小糯米手里。看到小糯米玩得不亦乐乎,我提醒他把玩具还给阿姨,小糯米有点舍不得,但还是还给了阿姨。

等阿姨走后,小糯米迫不及待地说:"妈妈,那个玩具太好玩了,它里面的红色小篮球倒一下就进到洞里,弹一下就可以投进篮筐。"小糯米比画着小手一脸兴奋。平时给他买各种昂贵的乐高玩具,都没见他那么高兴过。

我这才意识到,小糯米这个年龄段的孩子更偏爱这种简单、好上手的玩具,孩子们一玩就会,而且百玩不厌。其实简单的玩具能在短时间让人看到成绩,容易产生成就感,不只是孩子喜欢,大人也容易沉迷其中。

记得在上大学时,身边的同学都很喜欢玩"植物大战僵尸"的小游戏。这款游戏很简单,只要种下太阳花,生产阳光,分钟之内阳光充满能量就可以用来兑换各种打僵尸的植物。植物果实击中僵尸就可以获得积分，继续解锁下一关。

那时我们每次上计算机课，很多听不懂 C 语言课程的同学都会偷偷开一个小窗口去玩"植物大战僵尸"的单机游戏，越玩越沉迷，直到别班的同学都已经来上课了，他们才意犹未尽地关电脑。

工作上，我们也偏爱做简单的事情。去年我们几乎是全年居家办公，每天视频会议后，相对简单的工作，三分钟我就做完了，比较难的 PPT 方案，拖到下午四点钟我还做不完第一页。

遇到困难的事情就懈怠不前，做了容易的事情就想再来一次，这是人类大脑的特殊结构造成的。我们的大脑里面有一块区域叫奖励中心。每当这块区域受到成功兴奋的刺激，它就会控制大脑，发出信号说再来一次，这会让你感觉良好。这时我们的大脑就会对"我想要"的东西深深着迷，而对"我不要"的东西就会更加排斥。

越简单的事情越容易出成果，人们很容易陷入这种成果带来的价值感，而不可自拔。环顾我们身边很多人，每天的行程安排得满满当当，但你看他们脸上时常会流露焦虑和慌乱的情绪，因为琐碎简单的工作不会有真正的充实感和价值感。

前一段时间，在网上看到一个女孩发的分享帖，她说自己上班已经 8 年了，但是最近工作压力太大，感觉自己很焦虑。

于是,她买了很多的数学题集在家里,每天下班固定抽出一个小时来做数学题。有时候宁愿推掉和男朋友的约会也要在家做数学题。她拍一堆数学题集配上文字说:"要是工作能像解题一样单纯,该多好!"

做数学题能让人解压,是因为数学题目很短,阅读起来不费太多时间,而且数学题是有标准答案的,做完看答案就知道对或错。很多人从学校走向社会以后,大脑始终会有一个学生思维,希望有标准答案可以判断对错,希望能够借用单纯的直线思维来解决问题。但成年人的世界里没有标准答案可参考,也没有绝对的正确和错误。成年人的选择往往是从可预见的结果向前倒推。

钱锺书先生在《围城》中说,在一堆葡萄面前,有些人从最坏的一颗葡萄开始吃,一直吃到最好的,把希望永远留在前头;有些人则相反,越吃葡萄越坏,吃到绝望为止。

先吃坏葡萄还是先吃好葡萄,其实背后是关于即时满足和延迟满足的选择。即时满足是当人们有需要的时候立刻通过某种途径满足自己,而延迟满足则是当人们有需要的时候,不立即通过某些途径满足,而是在另外的时间点去满足。我们大多数人所选择的就是可以即时满足、即时得到奖励和反馈的道路。

《游戏改变世界》的作者简·麦戈尼格尔在演讲中说:"如果在这场演讲中,我每次冒出一个聪明的设想,就能给我加1点智力就好了,哪怕我很喜欢演讲,但是演讲本身还是一件很让人筋疲力尽的活动,如果能在这个时候,我看到演讲厅的

PPT上弹出一些'+1'的提示框，一定能带给我不少激励。"

这种奖励机制，不停用"+1"的方式来激励你，让你一直沉迷于这种淡淡的满足感里，就像现在做各种自媒体的小伙伴们，每当他们生产出的内容获得了涨粉/收藏+N，就会让他们获得更多的满足，同时潜意识会将这种模式继续复制下去，并且不觉得疲倦。

这种奖励机制，会影响大脑分泌出多巴胺，让人产生短暂的愉悦感，当愉悦感消失，大脑会渴望再次获得奖励，从而指导相应的行为。行为上瘾反过来也会进一步提高多巴胺的阈值。多巴胺值一旦提高就很难降下来，这会让我们对所有低多巴胺刺激的事情丧失兴趣。

假如说，人是有灵性、有良知的动物，那么，人生一世，无非是认识自己，洗练自己，自觉自愿地改造自己，但是这又谈何容易呢。

正因为不容易,所以我们要给自己制定目标,将精力三七分，七分做一些简单的事情，三分做一些难的事情，遇到难的事情，在失败一次之后，想方法再尝试一次，因为一旦成功将会产生极大的吸引力，避免让自己再回到"简单"的事情里。

生活能治愈的人，往往是愿意自愈的人

一念

大学刚毕业时，我独自一人留在陌生的城市。后来从同学群里了解到一个大我一届的学姐也在这座城市，迅速加了她的微信。那段时间面对新工作的不适应感，一个人远离家人的孤独感，让我和这个学姐的联系多了起来。有几次被上司骂哭了，我给学姐发去大段大段的文字，希望得到一点点安慰和指点，也许是她太忙了，也许是她对我这个职场小白这么脆弱的心理素质不以为意，我得到的回应只有几个简单的表情，这让我感到更加孤独和失落。

慢慢地，我才明白，没人知道你为何彻夜难眠，没人理解你为何在无人的街角突然崩溃大哭。自己的苦和孤独，只有自己能懂。角度不同，又怎会互相理解。没有所谓的感同身受，真正能治愈自己的，只有自己。

马尔克斯在《百年孤独》中说："人生这场旅途里，我们

在坎坷中奔跑，在挫折里涅槃。我们累，却无从停歇，我们苦，却无法回避。人生就是一场漫长的跋涉。"

人生这场跋涉的主角，必须是你自己。

我生下二宝后，生活节奏发生了很大变化，幸福和压力也随之而来。那段时间，我晚上要照顾孩子，白天要去上班，每天都是心力交瘁的状态。每天早上6点，就拖着沉重的身体起床，将吸好的奶存放在冰箱，再背着吸奶器去公司，上班时间也是每隔2—3小时就要吸一次奶，工作上很多活动都没有办法全程参与，明显跟不上快节奏的工作。下班回到家，看到大宝在家无所事事，也不看书，常弄得弟弟哇哇大哭，家里的老人责怪他不懂事，我就更感觉到对两个孩子的亏欠。我既不能好好工作，又不能好好照顾孩子。

在很长的一段时间里，我就一直沉浸在这些琐碎的焦虑中。担心自己一心扑在家庭上，职业生涯就此停滞，不能给孩子更好的教育；担心孩子交给老人帮忙照顾，会养成不好的生活习惯；担心全家人的注意力都在老二身上，老大受到冷落……

每天在无尽的焦虑中度过，直到我看到一个视频，视频里一只母鸡每天都来到鸡窝对鸡蛋说，你要变成凤凰，咱们努力一起变凤凰，但是它忘了自己是母鸡的事实，想让孩子变凤凰，首先是自己得是凤凰。

父母喜欢弹钢琴，孩子在音乐的氛围里耳濡目染，很自然就会喜欢上弹琴；如果你想要孩子爱上阅读，父母得放下手机，自己开始阅读。父母是孩子的一面镜子，父母什么样，孩子就是什么样。

这个视频让我知道，排解焦虑的出口在我自己身上，首先做好我自己，其次才是做好孩子的妈妈。我开始在工作之外的时间，学习写作，读书。提升自己技能的同时，也不断地充实自己的内心。在学习的过程中，我遇到了各种各样的难题，比如画面感不会写，素材不会搜索，没有选题感，我就开始一遍一遍地听课程，先完成再完美。

我在学习画面感写作的时候，看到作家阿城将一颗米粒怎么吃都写得惟妙惟肖，但自己在练习的时候，脑海里完全没有画面，于是我反复地听课，做笔记。想到老师说要像肩上架着一台摄影机那样去描写画面，我就用手机录下自己吃饭的画面，看着那个镜头，一步一步地从左到右去写，桌上的菜看起来是什么颜色，闻起来是什么味道，吃起来口感是怎么样的，将色香味全部都写出来时，就发现画面感出来了。

写作的问题就像生活的问题一样，当你想尽办法去克服它时，你会发现它并没有想象的那样难以对付。当我从写作小白精进为写作营里的课代表，作业名次榜单也在一次次提升时，我发现那些焦虑慢慢被挤到了看不见的角落。

作家路内说："每个人的生命里，都有几口吃不下的隔夜冷饭，必须得自己咽下去，而不是放在眼前发呆。"因为别人能渡你一时，不能渡你一世。

但现实中很多人无法自渡时，别人向他伸出援手，他自己却不愿意接过那救命的绳索。坦诚自己无力解决困境，主动寻找救援，其实也是自渡的一种方式。

《蛤蟆先生去看心理医生》讲的是蛤蟆先生得了很严重的抑郁症，他经常失眠，白天无精打采，眼睛半睁着，神色黯淡；成天窝在家里，邋里邋遢的，身上散发着臭味；对什么都提不起兴致，一想到难过之事，就难以控制情绪，大哭一场。总之，蛤蟆先生变得消沉、悲伤了，"整个人都不太好了"。朋友们知道后，帮助它找到心理咨询师苍鹭。

　　在见到咨询师苍鹭的第一面，蛤蟆就问："你认为我会好起来吗？"咨询师苍鹭说："我相信每个人都有能力变得更好，我会对你倾注我全身心的关注，但归根到底，取决于你。"

　　苍鹭问蛤蟆先生感觉怎样，蛤蟆先生在承认"是的，我抑郁了"的那一刻起，心理治疗才算正式开始，因为这代表着蛤蟆开始正视自己的情绪，而不是像以前那样逃避，用一句"我很好"来敷衍。

　　外人都以为蛤蟆先生是一个"乐天派"，每天都那么开心，甚至蛤蟆也自认为是个"不会生气的人"，然而，苍鹭却用一句话戳破了这美好的假象：并非不生气，只是选择了用另一种方式生气。通过苍鹭的一步步引导，蛤蟆回忆起了自己的童年，他意识到自己是"讨好型人格"，以至于在后来他试图去讨好身边的人，正如他小时候去讨好自己的父母那样。只是，这么做，并无益于改善人际关系。

　　回忆那些片段，蛤蟆感到委屈，自己对别人这么好，为什么别人却错待自己呢？

　　苍鹭明确指出，没有谁能让你不快乐，让你不快乐的是你自己。

苍鹭引导蛤蟆找到了自己不快乐的根源,他身上存在着三种自我状态:儿童自我状态、父母自我状态、成人自我状态。

蛤蟆小时候受到原生家庭的影响,缺乏爱,父亲对自己太严厉,无论做什么都得不到肯定。苍鹭告诉他,只有打破童年情绪对他的围困,理性地面对当下,活出自我,他才算是真正长大了。在一次次的崩溃、流泪后,蛤蟆终于意识到了自己的错误之处,也就是在痛苦中,实现了自己的成长和改变。

蛤蟆先生在十次治疗过程中,坦诚了自己的困境,在苍鹭的帮助下最终找回了独立、自信的自己。

荣格曾说:"没有一种觉醒是不带着痛苦的。"

生活能治愈的人,往往是愿意自愈的人。蛤蟆先生接受了自己抑郁的事实,开始一步一步配合咨询师苍鹭,直面自己人生中的痛苦,最终治愈了自己。

在治愈这条路上,除了你自己,没有人能够帮助你。同样,很多人都不愿意改变,认为自己没有办法改变,其实你能改变,只是活在世俗的偏差和定义里。没有勇气改变自己、改变命运的人,往往是自己不愿意改变的人。

第五章

世间所有关系都是场博弈，
每个人都是仓促上阵

世间所有关系都是场博弈，每个人都是仓促上阵

绍语语

这段时间，朋友的女儿小江厌学情绪爆棚，每天缠着妈妈，"帮我请假几天""我想休学一年""我想退学去打工"，问其原因，小江又不说，只是一味地哭。

后来在专业心理咨询师的引导下，小江才说出了实情：已经高二了，小江和班上的同学还不太熟悉。班级根据成绩调换座位，小江成绩在中下游，每次都被调到后排。但小江个子矮，调到后排完全看不见，成绩就更差了。和成绩垫底的男生当同桌，小江和好同学的交流就更少了。她在学校唯一聊得来的女同学也对学校多有不满，两个人凑在一起，就是各种抱怨，哪个老师不会讲课，学校的环境简陋，宿管阿姨态度粗鲁……这些负面情绪互相传染，小江更觉得自己在这个学校读书是个天大的错误。

小江的痛苦来源于，失去了对生活的掌控感，在班级她就是被淘汰、被做决定的那个人。但其实，任何关系里的博弈无处不在，包括上下级之间、同事之间、情侣之间、亲子之间，

都有很多无形的力量在角逐。

记得我参加过一次现场心理剧辅导活动。有一个环节是，所有学员必须模拟婴儿的姿势从产道爬出，与自己的父母对话。有一位学员是个年轻漂亮的大学教授，她爬出来后，在"父母"面前，先是低头哭了很久，然后向着"妈妈"怯怯地伸出手，哀怨地问："为什么要生下我？你们为什么要生下我？"扮演妈妈的学员本能地后退了两步说："对不起，对不起。"女教授苦笑了一下，突然声嘶力竭吼道："为什么扔掉我？一个字都没留，我这辈子都找不到你们了！为什么还要生下我？"

那一刻，我也沉浸在这场关于生命的质问里，泪流不止。童年处于长期缺爱、压抑的环境中，即使长大以后衣食无忧，金钱富足，但仍然要花很多时间去修复和填补童年的不幸和缺失。在这场亲情的博弈里面，只有她一个人在承受痛苦。

任何一场关系中，我们无法预料对方的所有性格、爱好、处事原则，在博弈中都有可能受到伤害。

我曾遇到过一个工作狂上司，上班九九六，下班也不放过我们，每晚要在工作群里发各种指示，所有人都要及时回复。

有天早晨，刚走进办公室，上司突然质问我："昨晚我发你微信，怎么不回？"我连忙打开手机一看，这家伙竟然从昨晚12点开始发微信，一个小时内发了几十条信息，全是别忘了明天开会准备什么材料，这不是找我有事，是把我当记事本了。

我强忍愤怒回答："昨晚睡了，没看见。"

"今早总看见了吧，怎么不回？"她追问。

我继续平静地回复:"一早做饭,没看手机。"

"你在这里上班就必须回复我的微信!"

我心里冷笑,但平和地跟她说明:"抱歉,睡着了,特别紧急的事儿您打电话吧。"

她一听,气得眼球差点儿瞪出来。

后来,她把发连环 call 的点儿提到十点,我还是不回复,等到第二天找她沟通:"每天回家要开车 1 小时,到家还有很多事等着我,我必须休息好,隔天才有精神工作,您说呢?"她别扭着没吭声。

就这样,我们来来回回博弈多次,她终于知道,我下班后,不处理工作信息。之后她就死心不发了。

之所以这么执拗地和她迂回,是因为我知道,在这场博弈中,我不改变她,她就一定会主导我的生活节奏。我必须向她亮明我的底线,划分生活与工作的边界。

在与领导的正面角逐中,我们要么在关系中找到好方法让大家共赢,要么让自己能够快速地成长起来。每一场博弈必然有主动被动、强弱胜负之分。在关系博弈中尽可能掌握主动权是成人世界的法则。

在《少有人走的路》一书中,牧师的妻子患有慢性抑郁症,两个儿子从大学辍学后,每天无所事事。牧师为了满足妻子、儿子的无理要求,不仅要替儿子们买新车、交保险,还得每周强打着精神陪妻子去歌剧院。

医生问牧师:"辛苦吗?"

他说:"当然辛苦,可我爱他们,不能不管他们。"

医生告诉他,两个儿子几乎烂泥一样不愿面对生活,就是因为他的过度照顾。在医生的指导下,牧师不再独自承担一切而是想办法逼儿子分担家务;他不再替他们支付保险,任由小车被保险公司拖走;有时他也不再陪妻子进城,而是让她独自驾车前往。

起初,妻子和儿子非常不满,但不久后,一个儿子回到大学就读,另一个儿子找到了工作,独自在外租了公寓,妻子也感受到独立的好处。牧师在这场爱的博弈中,学会放手,让每个人承担起各自的人生,家庭关系回到正轨。

其实,每两个人之间就有一场博弈,每一场博弈都在寻找平衡。说到底,博弈就是在拒绝与顺从、认同与反对之间找到平衡。

面对博弈,我们首先要提醒自己遵从心意,勇敢说"不"。博弈不一定是暴力的对抗,我们可以在认真倾听后委婉拒绝,也可以采用迂回战术转移话题,还可以提出合理建议或者替代办法。社交的本质就是权力的博弈,任何人都可以通过博弈,选择自己想要的生活方式。

有毒的亲子关系，以爱之名行控制之实

晚柠

前两天，和家人聊起朋友的孩子因为学习压力大转去国际学校的事情。不到十三岁的女儿说："既然发现了自己的不足，就应该赶紧想办法，宁可放弃已经拥有的，也不能毫无意义地坚持。"

这一番话让我惊讶于她超乎年龄的成熟，也让我反思了生活中"精心养育"的利弊。身边很多父母看似在精心养育着孩子，实则是在用自己思想和行为变相地控制着孩子的人生。

我邻居的女儿小雅就是一个被过度关爱和变相控制的女孩。小雅妈妈一个人带着孩子生活，自己缺少安全感，所以也总是怕小雅和顽劣的孩子在一起学坏。有时学校组织校外活动，小雅妈妈也总是不停地追问去哪里、什么时候回来，嘱咐小雅离王同学远点，也别和李同学在一起。

有一次，小雅好不容易鼓起勇气跟妈妈说，想和同学去玩密室逃脱。妈妈一听就急了："外面社会多复杂，你自己出去根本不行，再说你们班上常聚在一块儿的那几个孩子，天天把自己打扮得花里胡哨，跟她们在一起能学什么好？"妈妈说完马上拿起手机给班主任打电话说了这件事，完全不顾及小雅回到学校可能会面对同学们的孤立。

小雅妈妈看似关心女儿的安全，实则是在用家长的权威替孩子做主，而小雅从来都没有被妈妈肯定过，也没有机会安排自己的人生。

生活中有很多父母都有一种自以为是的控制通病，常常以爱为名，用自己的想法绑架孩子。孩子的朋友圈越来越小，逐渐陷入一种孤立的状态，以致长大后，出现胆小、自卑、人际关系不好，父母为此焦虑不堪，甚至引发激烈冲突，而这种后果的根源正是来自父母对孩子变相的控制。

小雅妈妈这种控制行为可以让大多数人一眼识破，但在我的成长中，妈妈对我的期待和依赖，看上去是关系紧密，实际上也是一种变相的控制。

从我记事起，妈妈经常因为一件很小的事情不开心、流泪痛哭，继而引起头疼、呕吐，好几天不吃饭。记得四年级时，有一次爸爸出差，妈妈又因为工作上的事情闹情绪。我在课堂上时不时地扫着教室的挂钟，距离下课还有五分钟，就开始偷偷地把书本都塞进包里，桌上只剩下一只铅笔盒，盘算着铃声一响，就第一个冲出教室。

没想到这"积极"的行为，被老师抓了个正着，下了课就被带去办公室。老师严厉地批评我上课"开小差"，我说出自己着急回家的原因,老师不信,仍旧罚我在办公室站了40分钟,才放我回家。

我比平时晚了近一个小时才到家,一开门,妈妈正歪坐在门口的凳子上,不等我换鞋,就一把抱住我哭了。"你怎么现在才回来?急死我了!你不知道妈妈病了吗?"妈妈一边哭,一边埋怨着,"妈就你这么一个闺女,为了你,我真是把自己的命都搭上了,你可不能出任何岔子,没有你我怎么活啊……"看到她的样子,我既内疚又委屈,搂住妈妈的脖子大哭起来。

那时候的我真觉得自己懂事得不像个孩子,幻想着有一天也可以像其他小伙伴那样,在父母面前肆无忌惮地撒娇。这样的日子一直持续到上大学,有一次无意中和老师聊起童年的生活,才知道这些年我被妈妈变相地控制了。

我学习心理学后,才明白妈妈的行为叫过度依赖的控制。这使我们的关系出现了颠倒,她视我为生命的全部,她把一切都给了我,所以我要不停地偿还,当我满足不了父母的期待时,我就会产生内疚感,为了补偿父母而不断顺从,及至最后失去自我,完全成了他们的附庸品。

父母用这样的行为控制孩子,还很容易激发孩子的保护欲,自觉承担起"拯救者"的角色,一方面他们会心甘情愿地为父母付出,另一方面又好像被什么东西缠住而动弹不得。事实上,孩子已经主动沉浸在这种被控制的关系中。

记得在《心理访谈》中有这样一个家庭,父母带着十六七岁的女儿来做咨询。

女孩说她和父母相处得很好,自从记事起,就从没有顶撞过爸妈，一家三口从来没有吵过架。记得有一次，学校组织大家去市里的博物馆参观，每个同学需要交150元活动费。女孩特别喜欢历史，很想报名参加这次活动。她开心地跟妈妈讲第二天的报名流程，妈妈听完并没有说什么，而是答应她考虑一下，可一直到睡觉前，全家都再也没有提起此事，女孩失落地钻进被窝，悄悄地抹眼泪。

第二天一早，女儿平和地跟妈妈说："妈，学校的活动我不去了。"妈妈丝毫不惊讶，笑了笑说："好，听你的，真是越来越懂事了。"

和父母相处的日子，这样的事情数不胜数。到后来女孩宁愿什么事情都藏在心里，也不愿跟父母说，她觉得爸妈并不想理解她。

女孩的父母则认为，家庭中最重要的就是和睦，一家人不吵架就是和谐，至于其他的，都不重要，这是他们对幸福的诠释。

节目中一家人的状态，其实是一种假性亲密。孩子因为害怕惹父母生气、失去他们，只好将自己所有的想法埋在心里，因为她觉得任何违背父母意愿的事情都是背叛，只有做个听话的孩子，才配拥有爸妈的爱；而父母虽然向往融洽的关系，却只是停留在表面上，从来没有真正关心过女儿的情感和需求，这种情感联结貌合神离，只会让家人的心越走越远。以爱之名，行控制之实，说的就是这样的父母。

《精神健康讲记》的作者李辛说："我的父母灌注在我身上的爱，一圈又一圈，束缚得很紧。"

这种控制型的父母觉得他们比孩子更了解他的需求，所以孩子的声音永远被打压下去，以后孩子有什么事情也不会再跟父母沟通。

父母对孩子的控制，其实是一种自身很难察觉的欲望。控制欲强的父母，常常会把这几句话挂在嘴边：听我的，没错。爸爸妈妈又不会害你。

父母初心是爱，但是当父母把过强的控制欲，施加在孩子身上时，等于是把过度的关注施加给了孩子。父母的控制不是爱，而是孩子命运里最深的伤害。

夫妻关系,要想融洽,必先自洽

纯粹

一天晚上吃完晚饭,老公问我有什么安排,要不要和他一起去散步,我说:"不了,我想看会儿书,写点东西。"他很自然地说:"那我去走路了,晚点你结束了告诉我声,我再回来。"听完老公的话,顿时觉得很感动,他没有试图说服我要和他一起去走路,而是接纳两个人的不同,懂得自我相处,享受一个人走路的快乐。

在心理学上有个概念叫"重构认知",指的是在固有认知基础上,学会为自己打开新的看问题的视角,打破执念,这个过程就是自洽。自洽的人擅长和自己欢喜相处,懂得接受自己。在夫妻关系中,自洽尤为重要。

成成是我做言语训练的一个学生,每次上下课都是他的妈妈来接送,妈妈画着精致的淡妆,很有气质。有一天下课后,我和她闲聊时问怎么从没见他爸爸来接,她感慨说:"他爸平时工作很忙的,一周都很少在家里吃饭,别指望他来接孩子了。"可能她察觉出了我脸上的尴尬,很平静地接着说:"之前觉得很不适应,可慢慢也习惯了。我得自己学会过日子。除了陪儿子,我学习烹饪,还会和朋友约着去上瑜伽课,爬山,也是很充实呢。他偶尔回来,看我把家里打理得那么好,很安心,所以关系一直维系得也很好。"

成成妈在这段关系中,懂得自洽,明白自己在这段婚姻关系中的角色,不纠结,也享受其中,因此才能在夫妻关系中找到平衡。在现实生活中,我们经常看到很多类似成成妈这样的女性,却不懂得自洽,她们时刻关注对方,渴求对方做出让自己满意的事儿,一旦没有符合自己的预期,就会争吵,从而让夫妻关系更紧张。

生命中最难的阶段,不是没人懂你,而是你不懂你自己。高级的感情形成精神意识,低级的感情只能沦为脾气和情绪。当你把注意力放在自己身上,而不是时刻盯着别人时,也就学会了自洽,拥有了接受不圆满的能力。

我非常羡慕香港作家马家辉的婚姻状态。他和他的妻子张家瑜结婚以后,马家辉就专注在写作上,他的妻子做了全职太太。他是一名小说家,在家写稿的时候,容不得分心,所以经常和妻子"分居"生活。平时,马家辉在一个房间,他的妻子在另一个房间里默默看书写作,客厅是他们的约会场地。一般他八点起床,写作。午休后继续写作。下午四点,他会离开房间,到客厅的沙发上和妻子一起喝杯咖啡,聊聊天,进行一场简单的约会。

当马家辉兴冲冲地把文章给他妻子看时,她就会充当"编辑",因为马家辉写文章太厉害,她一般都只挑错字,给予鼓励。两人对这样的生活状态都甘之如饴,当张家瑜自己独处时,每天都将生活安排得丰富多彩,看电影,读经典,对见闻保持好奇,学习各种知识。甚至还能时不时给出自己的看法,为马家辉提供灵感。

马家辉在《爱上几个人渣》的序中,这样评价他的妻子张家瑜:"真是一位善良的女子。明明反对这书名这封面,却不强烈坚持,只是婉转担心,还怕伤害我向来脆弱的自尊心,说时,吞吞吐吐,声音似有若无。"他们还一起出了一本书《你走过的和我走过的不同的路》,记录了两人从两条平行轨迹慢慢汇集的过程。这些生活点滴让马家辉感叹道:"我在经济上养活太太,太太用精神滋养着我。"

他们结婚几十年,一直保持着特别纯粹的爱的关系,也正因为懂得自洽,才能更好地爱对方。

周国平说:"如果说爱是一门艺术,那么,恰如其分的自爱便是一种素质,唯有具备这种素质的人才能成为爱的艺术家。"

日本有一部治愈系纪录片《人生果实》,主人公是90岁的修一爷爷和87岁的英子奶奶,他们结婚多年依然恩爱有加,把田园生活过得诗意浪漫,受到很多人的喜爱。

但其实,这两个人无论在生活习惯,还是性格上,都有很大的不同。

修一早饭喜欢吃米饭配海苔的传统早餐，英子则喜欢吃面包配果酱的西式早餐，为此英子每天都需要按照两人的不同喜好准备好饭菜；修一习惯用木头勺子，英子喜欢用金属勺子，每次吃饭都会准备两套不同的餐具；修一喜欢吃有土豆的饭菜，几乎每餐都要吃，英子是听到土豆就饱的人，但英子每次都变着法子给他做。

但即便如此不同，他们的生活却从不发生争执，他们有一个特别的交流方式——写留言板。有特别的想法，就会留言给对方看，英子干农活需要帮忙，就会留言给修一："请帮我翻翻土。"修一看完后就去干活，干完活就在留言板上写："干完了，让英子久等了。"家里随处可见充满爱的留言板。这些已经成为他们心照不宣的交流方式。

片中一段英子奶奶的话让我动容，她说："修一爷爷是个典型的大男子主义，但我喜欢买东西，做各种食物，修一每次都会说听起来很棒，那就去做吧！所以我做了很多想做的事情，把日子过得有滋有味，他喜欢写明信片，做各种家具，我也从不干扰他。"

不勉强对方，是他们在生活中达成的默契，也是夫妻相处多年的智慧。他们始终如一地用自己的方式去体贴包容对方，让彼此感受到尊重和自由。

积累了足够多的人生经历以后，你会发现：永远不要有企图改变别人的念头！你能够做的就是像太阳一样，只管发出你的光和热。一段好的关系，离不开成长，而好的成长就是与自己自洽的过程，懂得自洽的人才能懂得爱别人。

对孩子真正的爱，不应该是剥夺

大脚

上周，我带着女儿在美容院做背，给我推背的小姑娘看到我女儿在旁边等我，便打趣问她："小美女，你喜欢爸爸多，还是妈妈多？"女儿回答："爸爸妈妈我都喜欢。"

这个问题被问过无数次，无一例外女儿的回答都是"爸爸妈妈都喜欢，不分多少"。平时也会看到别人的孩子面对这个问题时，总是犯难不知如何回答。是的，爸爸妈妈我都爱，明明都是一样的啊，为什么要这样问呢？

天下没有不爱父母的孩子，他们幼小心灵里的爱，纯粹而不掺杂任何功利因素。他们不会因为爸爸妈妈的职位、收入、家庭贡献的不同，而区别对待，偏爱谁多一点。

前段时间闺蜜和我聊天。她老公开一个工作室，但是这几年一直不赢利，为了养家，她拼命工作，一个人撑起了这个小家的生活。由于闺蜜把时间都用在了工作上，所以平时全由她老公照顾接送孩子。

那天她当着女儿的面，控制不住地大骂老公无能，哭诉自己的辛苦和疲惫。吵完架当晚，5岁的女儿用稚嫩的声音对她说："妈妈，你能不能不要再骂爸爸了，爸爸每天照顾我，给我烧饭，已经很辛苦了。"闺蜜试图用平静的口吻问女儿："那妈妈不辛苦吗？""妈妈也辛苦，但是爸爸也很累。"

听到女儿这样说，闺蜜被震撼得无地自容。她每天早出晚归，陪伴女儿的时间少得可怜，所以只要有闺蜜在，女儿便会粘着她而不要爸爸，以至于她一直以为女儿是偏向她、更爱她的。但是当女儿说"爸爸也很累"的时候，她才明白，在她女儿心中，爸爸妈妈两个人无论谁更厉害，谁赚钱更多，她都一样爱。她的爱与是否优秀无关，她的爱很平等！

闺蜜说她是从那时起，不再觉得自己在家庭里很风光，也不再试图霸占孩子全身心的爱，不管一个家庭职责如何分工，在孩子心中，爸爸妈妈都是她的最爱。这是孩子的自由，是成年人没有权利去剥夺的。

2015年，《虎妈猫爸》电视剧爆火，剧里毕胜男和罗素欲要离婚时，毕胜男将罗素无情地赶出家门，两个人上演的离婚闹剧，被他们的女儿茜茜看在眼里，于是，茜茜试图通过努力学习挽回父母的婚姻，因为长辈告诉她只要她成绩好了，爸爸妈妈便不会离婚。

当这些招数没用的时候，茜茜便患上了抑郁症，年幼的她不再开口说话，因为妈妈将爸爸推出门的那一幕刻在了她的脑海里，她爱妈妈，也爱爸爸，她不知道妈妈为什么要把爸爸推向门外，她不愿再开口说话是因为没有人理解她心中无立场的爱。

电视剧结尾罗素和毕胜男和好了,茜茜因为一家人重新在一起而慢慢打开了心扉,做回了一个正常的孩子。但这是电视剧人为的设定,普通人的生活,却未必能完美落场。

朋友 A 和老公正在闹离婚,我问她,孩子怎么办,A 说:"他不喜欢爸爸,他肯定不会跟着爸爸的。我再苦再累也要带着他。"

我没有说话,因为在他们吵得不可开交时,我曾试探性地问过她儿子:"爸爸妈妈吵架,你觉得是爸爸错还是妈妈错?"孩子黯然低下了小小的脑袋说:"爸爸妈妈都有错。"

世界上最大的愚蠢就是拿自己的标准去替孩子做选择。很多人往往会因为对另一半失望至极,所以判断孩子也是这样的,孩子应该站在自己的立场,应该像自己一样厌恶对方。

在很多成年人的心里,爱,就是有选择,就是只能爱一个,就是必须要分出胜负和多少。这是成年人的价值观,是成年人在经历一地鸡毛的生活后被撕裂的情感和爱。

但对孩子来说,爸爸妈妈都是他最亲的人,是他小小心灵里无差别的避风港。孩子不是我们的附属品,他不需要站在父母的立场去选择更爱谁,因为在他纯洁的内心里,只有自己爱着的爸爸妈妈。这种爱,无关身份,无关对错,也无须比较和选择。

不要让孩子背上爱的包袱

余修

作家张晓风说:"母子一场,只能看作一把借来的琴弦,能弹多久,便弹多久,但借来的岁月毕竟是有其归还期限的。"

但天底下能够把血缘亲情看得如此清晰理智的父母长辈,真是少之又少。

3岁前我一直被寄养在姥姥家,上学后才回到父母身边。但一到寒暑假,姥姥催着我上她家住几天时,我却总是拒绝。每到这个时候,妈妈总抱怨我是"养不熟的白眼狼"。

后来妈妈来帮我带孩子,也经常当着我的面念叨:"外婆看孩子,看了也是白看。人家记不住这份情。"

我懂她的心结,更懂这么多年"白眼狼"给我带来的心理阴影。趁着儿子熟睡了,我拉着妈妈的手说:"书上说,长大后,3岁前的记忆是没有的。孩子记不住,我记住就好。就像你记住了姥姥对我的付出。"

妈妈的眼眶红了,我也有些哽咽。其实我没有说出口的是,这么多年来，对姥姥的愧疚让我更想逃避她的关心和付出。

小时候姥姥如何把我背在背篓里给我唱歌，哄我睡觉的情景，我已经不记得了。我只记得每年临到寒暑假，妈妈就催着我赶紧准备东西回去陪姥姥，以及那一句像紧箍咒一样有魔力的"白眼狼"的嗔怪。

不是不理解妈妈想要我多陪陪外婆的心思，但对于正在成长的我来说，放假了，和同学、和小区里的小伙伴们一起看电视、玩游戏、泡书店、写作业、打打闹闹的生活确实比跟姥姥在一起，更吸引我千百倍。

长大后，我把每学期的奖学金省下来给姥姥买各种名贵的补品，送电动按摩椅，给她报名参加老人团的旅游，等等。孝顺姥姥的方式有很多种，妈妈却只因为我不愿去陪姥姥常住，而怪我是"白眼狼"。

或许，妈妈没想到，从小到大，她和姥姥越念叨我是"白眼狼"，我越叛逆，越不想去做个孝顺听话的"乖孩子"。而这种叛逆又让我陷入内疚的泥潭里，我也常常在心里责怪自己是冷血动物，不能按照妈妈要求的标准去爱姥姥。

这种纠结拧巴的情绪让我耿耿于怀了十几年，直到我自己当了妈妈，读过很多育儿和心理学的书籍，我才明白，这个情感包袱是爸妈的，而不应该是我的。当年妈妈生下我时，刚好遇到了重要的升职期，为了不耽误工作，我还没满月就被送到了姥姥身边，而姥姥只能损失退休权益，提前办了内退，在家照顾我。

妈妈只是想把自己对姥姥的感激和亏欠转移到我身上，希望我能用更多的陪伴来弥补和偿还姥姥。但妈妈忘记了，血缘的传承和反哺是一种天然的情感流露,是小时候,大人把好吃的东西留给孩子,孩子长大以后会把自己觉得好的东西留给已经老去的大人,然后拍拍自己长硬的翅膀说,我长大了,不用担心。

世间所有的爱都是指向亲密,唯有父母长辈对孩子的爱是指向分离。

丁元英在《遥远的救世主》一书中写道:"父母长辈养育孩子若抱着防老的目的,付出方就会有牺牲感,接受方就会有负罪感。子女孝顺父母就无形中被道德绑架。"

长此以往,情感的包袱越来越重,甚至会造成双方的情感沟通障碍。如果父母长辈都懂得放下付出感和牺牲感去养育孩子,就会得到更多体验养育孩子的快乐,而孩子直起腰板,反而会更懂反哺之恩。

昨天晚上,闺蜜小薇哭着打电话向我哭诉:"我家孩子今天气死我了。你说为了全心全意照顾她,那么好的工作都放弃了,现在省吃俭用让她学大提琴、学舞蹈,还不都是为了她。好吃好喝,专车接送。她呢,不好好练琴,不好好上辅导班。今天我说不想学就别学了,你猜怎么着?她真的就不学了,然后大哭起来,整个人都崩溃了。到底谁委屈啊?"

小薇以前是国外上市公司驻京的业务代表,工作做得很出色,长得漂亮,气质也好。可以说从外貌到工作能力、家庭条件,小薇拥有的一切都无可挑剔。女儿出生以后,她立志要把女儿培养成琴棋书画样样精通的名媛闺秀。5个月就开始上早教班，2岁画画，3岁就开始学大提琴。小薇的工作需要经常到全国各地出差，为了女儿的培养大计，她干脆辞掉了工作，专心在家陪伴、辅导孩子。

无奈小薇的女儿并没有继承到她一半的优秀基因，成绩中等，性格也很内向，平时生活中就喜欢安安静静地躲在角落里看书，被小薇逼着参加各种才艺比赛，从来也没拿到让小薇骄傲的成绩。

"我对她真是太失望了，这么多年的心血白费了。"小薇还在电话那头愤愤不平，我顺手将正在阅读的电子书分享给了她。

日本作家加藤谛三在《情感暴力》这书中说："向孩子兜售自己的父母最恶劣，孩子想要的是来自父母积极的关心，并非是父母丢失自我的付出。"

其实用责任感、荣誉感和罪恶感来指责和控制自己的孩子，本质上也是一种情感暴力和情感勒索。

我看到有人在这本书底下留言："我还不是为了你好？正是这种情感暴力让我毕业后自力更生，付了房租快吃不起饭了，也不想回家。听起来很不孝顺，但真的不想回去。"

这些被情感勒索的孩子，内心缺乏自我认同感和安全感，可能从来没有感受到无条件的爱，也不懂得如何去爱别人。幸福的人用童年治愈一生，不幸的人用一生治愈童年。父母用全部的爱，却培养了一个一生不幸的人、一生想逃离的人，多么令人痛惜！

愿我们无论是否已经做了父母，都能牢记胡适那句话——我并不是你的前传，你也不是我的续篇。你是独立的个体，是与我不同的灵魂；你并不因我而来，你是因对生命的渴望而来。你是自由的，我是爱你的；但我绝不会"以爱之名"，去掌控你的人生。

只有父母给予孩子的爱是轻松、热烈、活泼、自由的，孩子才有条件成长为一个健康、温暖、安全和内心富足的人，而这不就是我们培养一个人格健全孩子的终极目标吗？

婚姻的新鲜感，其实来自更好的自己

悦辰

单位近期升级管理制度，我接到了一个帮助部门完善质量体系的任务，想了几天还是没有思路。于是趁着晚饭时间和老公讨论了一下，他分享了过去带学生做科研的管理经验。听他说完我觉得很有启发，好像思维一下子被打开了。一直以来，我都觉得他是只会做科研的"老学究"，通过这次沟通，我竟意外发现了他在管理方面的才华。在我眼里有点过于学院派的老公突然变得新鲜、有趣、不一样了。

新鲜感，也许不是和不同的人体验相似的生活，而是和同样的人探索不一样的世界。

爸爸的同事王叔叔和张阿姨结婚四十年，感情好得还像是蜜里调油。大家都在问他们经营感情的方法，其实我知道，秘诀只有一个。

记得张阿姨刚生下儿子那年，王叔叔因为工作上表现特别突出，被派到外省的大学进修三年。当时的张阿姨是市医院的护士长，工作特别忙，经常因为科室临时有事，把小弟弟寄放在我们家。

谁知小弟弟刚满六个月，张阿姨就申请了夜校的函授学习班。周围的邻居朋友都不理解：孩子还那么小而她已经当上护士长了，还有必要那么拼吗？张阿姨却说："老王都上大学了，以后科室里的大学生也会越来越多，我得抓紧学习，不能落下。"

王叔叔学成回来以后直接升任副所长，张阿姨也在不断学习成长下，职称又提升了两级。多年来，王叔叔和张阿姨在事业上互相鼓励，一起学习和成长，两个人既是生活上的伴侣还是学习道路上的战友，据说张阿姨那一口流利的英语还是王叔叔亲自教的呢。

两人退休以后，王叔叔返聘到一家私人企业做管理，张阿姨让儿子教她拍照剪视频，利用自己的医学知识在抖音上做了科普账号，还收获了不少粉丝。王叔叔和张阿姨在忙完各自的事情后，就会手牵手一起下楼散步，两人的状态也完全不像六十几岁的老夫妻，他们眼中的彼此从来没有停留在某一个阶段，而是一直在进步和成长，他们看对方的眼神满是期待和肯定。

梁思成与林徽因的爱情，也是将共同成长诠释得淋漓尽致。他们一起赴美国学习建筑学，梁思成注册在建筑系，林徽因则因为建筑系不能收女生而寄在美术系主修建筑课程。两人的蜜月是前往欧洲参观各地的古代建筑。梁思成侧重中国古代建筑的探索，林徽因主要研究建筑和美学，他们系统地调查、整理和研究了中国古代建筑的历史和理论，是建筑学科的开拓者和奠基者。无论是出身教养还是文化背景，梁思成与林徽因都有很多相似的地方，这使得他们的相处十分默契。

精神分析家奥托·科恩伯格认为，爱的体验中至关重要的一部分，是对爱人的真诚兴趣。所谓"真诚兴趣"，就是我们对于伴侣的内在世界是否有足够的、持续的好奇心。即使在一起很久，对彼此十分熟悉，我们也可能忽视掉彼此这些内在且隐秘的部分。婚姻中的新鲜感，也是向对方更多可能地展现自己的多面性。

我的同事瑶瑶和她老公算是同行，结婚8年，每天的生活节奏都差不多，上下班，接送孩子，生活看似稳定却也少有惊喜，就这样打卡般地过日子。

一次瑶瑶公司搞了一个有奖辩论活动，她大学时候就拿过辩论奖项，加上那段时间也不忙就参加了，准备比赛期间老公当参谋，比赛的那一天老公去现场给她加油。

那场比赛瑶瑶得了第二名。老公通过比赛看到了瑶瑶日常生活之外鲜有的另一种状态，那种慷慨激昂、不服输，和临场机智敏捷的反应速度，都让他刮目相看。比赛过后，瑶瑶发现自己和老公的感情升温了不少，老公看她的眼神，好像又回到了恋爱时那种欣赏、宠溺的状态。

其实，婚姻和事业一样，需要定期解锁新的技能。与其指

望对方改善生活，不如提升自己。灰姑娘与白马王子从此过上幸福的生活只会出现在童话里，你是什么样的人决定了你将会遇见什么样的人。

美国华盛顿大学心理学教授约翰·戈特曼在《幸福的婚姻》中提到，婚姻幸福的一个法则是"完善你的爱情地图"。爱情地图是指你的大脑中存放所有关于配偶生活信息的地方，很多人对配偶的了解还停留在两人刚结婚的时候，我们需要时常更新自己的生活节奏，比如每天或每周抽出固定时间来和对方交流，做一个倾听者，了解对方的变化，持续更新爱情地图，在婚姻的路上，就不会迷路。

之前在微博上关注的一个博主，她和男友恋爱5年结婚7年，每年都会抽时间去体验他们没经历过的事情，他们去过迪拜跳伞，去敦煌穿越沙漠，去长白山滑雪，去南江大峡谷漂流，挑战极限运动，感受不同地域的风土人情。

即使有了孩子，他们也努力保持这种频率，用女孩的话说，探索未知、体验不同的生活让我们的眼界格局发生了很大变化。有很多工作中的压力或婚姻生活的不愉快都会在不同的体验之后自然消退。

作为普通人的我们，除了按部就班地生活，还可以尽全力去尝试未知的领域，给生活注入源源不断的新鲜血液，哪怕是好久没有约会，选一个有仪式感的时间，喝一次下午茶，都是给普通的生活增加色彩，注入新能量。

保持婚姻新鲜感的秘诀是两个人共同成长，说到底，是成为更好的自己。
　　婚姻不是童话里幸福的终点，而是现实生活中新的人生起点，婚姻的长久和幸福靠的不是誓言，而是经营和努力。

好好吃饭、好好做饭的孩子，自有力量

海

我的生日快到了，我们商量好就在家做一顿好吃的，本想让先生掌勺，没想到儿子跃跃欲试。

列菜单，选购菜品，摘、洗、切、剁、炒，摆上适合的餐具、酒具，我们仨忙碌了一整天。

一家人围坐下来的时候，儿子突然来了一句："做饭实在是太累了！妈妈，从小长到大，你们为我做了多少顿饭呀？"

我也一机灵，随口说："今年你10岁，出生后第1年你吃母乳，扣除后剩下9年，你就按每年360天算，每天3顿。"

儿子飞快地计算着："这当中，有妈妈做的，有爸爸做的，也有奶奶做的，但奶奶做的次数最多。"

说着，儿子恭敬地端起桌上的杯子，说："奶奶，我敬您。以前每天放学到家看到一桌菜，我就开心地只管吃。今天我知道，这菜越多，越不容易。奶奶，谢谢您这么多年一直为我做饭，做我喜欢吃的菜！"

那一刻，我觉得眼底有泪涌出，朦胧中也看到婆婆抬手抹了一下眼睛。

很多父母看到这里，可能会觉得我有点小题大做，吃饭是一件再日常不过的事情，不值一提。小孩子会不会做饭，关不关心做饭，在外卖充斥、手机就能解决问题的时代，简直是浪费孩子的时间。

我看过一个视频，霍启刚系着围裙，拿着剪刀，手把手教儿子洗虾、剥虾、处理虾线，刚比台面高一点的女儿在边上认真观看。做虾时，霍启刚握着儿子的小手，帮他一起翻炒。以霍家的条件，大可有专门人来做这些琐碎的事情，但为什么霍启刚要手把手地教孩子呢？

在我看来，无论是我们这样普通的家庭，还是像霍家这样的殷实人家，都应该重视对孩子的食育。

儿子4岁上幼儿园时，我就开始有意识地带他一起去采购。到家以后，让他帮忙摘菜，比如剥蚕豆、折豆角、拣青菜。给他做"黄金豆腐"这道菜时，他就一直帮我把豆腐裹上蛋液。等他再大些，就教他做粥、面条、炒饭和一些简单的家常菜。周末时间充沛，就教他用烤箱来丰富菜品种类，带他用适合的餐具摆盘。

儿子9岁那年，婆婆不小心摔倒进了医院。我和先生单位医院两头跑，也就顾不上儿子。中午他在学校吃，晚上到家，居然变着花样给自己做吃的，从方便面、阳春面，过渡到什锦炒饭，最后还给我们整出了一饭一菜一汤。

那时我庆幸，早早培养孩子做饭的技能是对的。

烟火生活里的柴米油盐酱醋，厨房里的锅碗瓢盆勺筷，是一种生活技能，更是基本的生存能力。

日本有一个电影《小花的味噌汤》讲的是一个癌症妈妈教4岁孩子做味噌汤的真实故事，在日本引起极大的反响。

妈妈千惠在女儿9个月大时乳癌复发，考虑到自己可能不久于人世，她开始思考，最应该为孩子留下什么。

她决定让小花先从做饭学起，只要能好好吃饭，就能好好活下去。

4岁的小花还没有灶台高，稚嫩的小手拿刀切菜，煮汤，妈妈看在眼里，疼在心里。

父母之爱子，则为之计深远。她相信就算自己离开了，女儿只要会做饭就能活下去！

太多时候，我们总想着给孩子留下各种丰厚的物质或者精神财富，但从没想过，做饭这样的技能，反而能撑起一个孩子真实的生命成长。

更何况，好好吃饭、好好做饭，在有些情况下，是可以给予孩子勇气和爱的。

今年夏天，侄子远渡重洋，赴美攻读硕士学位。

新的国度，新的文化。租房，练车，安顿自己，开始紧张的学业。

在那么短的时间内，他一个人要面对很多事情。他开始想家,情绪低落,几乎每天要和我姐视频好几次。宽慰之外,我姐让侄子去超市采购,自己动手做饭。

知子莫若母。远隔万里,也许带有家乡味道的食物才能安抚他吧。

侄子照做了,做了几道家常菜,邀请和他同租的室友一起分享。没想到,他们一下子就被中国菜俘虏了。照侄子的话说,厨艺没那么精湛,就斩获粉丝,实在意外。架不住他们"苦苦哀求",就三个人一起搭伙,侄子教他们做中国菜,他们也教侄子做他们国家的菜系。

每天吃完饭后,他们一起学习、交流、讨论,学业上遇到不懂的,三人一起研究、解决。

侄子的情绪越来越好,每天越来越忙,有时都来不及和姐姐视频,更别提想家了。

侄子肯定没想到,当初学会的做饭技能在异国他乡,居然派上了大用场,缓解了思乡之苦,还交到了一帮好朋友。

经过这一次,我想侄子会明白,无论以后面对怎样的环境,都应该好好善待自己,好好做饭,好好吃饭,照顾好胃,照顾好身体,才能面对未知生活里的风风雨雨,才有勇闯天涯的底气。

外面风大,雨大,先照顾好自己才最重要。

从一餐一食开始,从一日三餐开始。从吃饭到做饭,看似最简单最不起眼的事儿,却可能承载起我们期待孩子拥有的所有品质:希望他善良,能吃苦,懂得感恩,学会宽容,能够合作,拿得起,放得下。

山一程，水一程，我们终究只能伴他这一程。

食育这件事，往小里说，就是让孩子学会好好吃饭、好好做饭；往大了说，就是传递给他力量，让他能够在这残酷而温柔的世界里乘风破浪。说到底，这何尝不是在育人呢？

平衡的夫妻关系，才是最长久的

海

早上，老公做完早餐清洗绞肉机，一不小心，锋利的刀片把手指划了个大口子。我给他清理伤口时才意识到，老公每天早起做早餐已经快5年了。

在孩子小的时候，老公很忙，我就独自承担家务和照顾孩子；现在我很忙，老公就承担更多的家庭事务。这么多年，如果一方在工作中投入更多，则另一方在家庭中投入更多，这样就能维持夫妻关系的平衡。

我的闺蜜小白本来有一份体面的工作，但因为老公做工程，常年不在家，她便辞职，成了全职太太。

国庆大假前，小白早早约我们，要一起出去转转。她提前备好孩子们常吃的水果和零食，列好孩子们的注意事项。老公一回来，她就兴冲冲地告诉老公她准备出去转转，她老公斜了一眼说："我看你就特矫情，在家吃香喝辣的，要出去透什么气？你看看我，天天在外赔人笑脸，低三下四，赚钱养家，我也没说要出去转转啊。"

听老公这一说,小白的眼泪差点下来,敢情自己要休息一下就是矫情。小白这边还没回话,那边婆婆坐不住了:"你天天在家休息,家务阿姨做,就带两个孩子,累什么?我儿子在外面累死累活,他才要休息!"

老公和婆婆的话,像一把把刀子扎在小白的心上。原来,在她最亲近的人眼里,她和寄生虫没有任何区别,不挣钱,只花钱。那又有谁会在意她天天早起做饭,送娃上学,辅导作业,就算感冒头疼得像要裂开,也只能自己硬撑。婆婆吃了5年的心脏药,哪一次不是她去医院排队开回来的;公公膝盖不好,每次她都要用尽全身力气,轮椅才能越上那个长长的上坡道,到达理疗室……

小白哭了,心里的委屈像海浪般袭来。老公不仅不安慰,还摔门而去。我赶到她家时,偌大的别墅里,冰冷的地砖上一地的碎瓷片,两个孩子看我来了,立即朝我跑来趴在我怀里,号啕大哭,叫人心疼。

夫妻就像一双筷子,总是要互相配合,才能品尝出生活的酸甜苦辣。长久的婚姻中,一方长期不愿付出,甚至觉得自己挣钱就是履行了家庭义务,婚姻就会失衡,而这样的婚姻,和坟墓又有什么区别呢?

钱锺书在与杨绛结婚后,公费出国攻读文学学士。杨绛则作为一名自费的旁听生跟随丈夫出国学习。钱锺书在求学期间,对古文书学这门学科最头痛,虽然考试只要翻译几行字,但不能有错，错一字倒扣若干分。钱锺书经常慌慌张张，容易没看清题目就翻译导致出错率高，最后常常不及格。钱锺书求助杨绛，杨绛发现关键是认字正确，才能翻译正确，于是就找了支耳挖子，用尖的那头点着让钱锺书一个个认字，例如"a"字最初是"α"，然后逐渐变形。杨绛帮他找到症结所在，很快解决了这个难题。

学业上二人互相扶持，生活上也是相互付出。杨绛出身大家，没做过家务，在外求学期间，却把做饭作为专职。第一次剪虾时，活虾在杨绛手里抽搐，吓得她扔了剪刀逃出厨房。即便如此，她还是学会了做钱锺书最爱的红烧肉。同样让人动容的是，一个不会打蝴蝶结、分不清左右脚、拿筷子只会像小孩儿那样一把抓的钱锺书，却承包了杨绛这一生的早饭，有时还把早饭端到床上让杨绛享用。

钱锺书曾这样评价杨绛："绝无仅有地结合了各不相容的三者：妻子、情人、朋友。"

如果说家庭是一艘皮划艇，那夫妻二人就是划动双桨的人，唯有保持双桨的协调，才能确保夫妻关系的平衡。

夫妻关系往往就是一个家庭的命运雏形，只有夫妻关系平衡了，整个家庭才会被赋予平衡的力量，包括给予孩子的力量。

儿子的同学小轩是老师眼里的刺头儿。一天音乐课上，他带头大声讲话，被老师拽着衣服领口，从教室后面直接拖到讲台，惹得班级好多孩子大笑并起哄。虽然他平时总是一副桀骜不驯、玩世不恭的样子，但面对这么多人的嘲笑，他受不了了，一头冲出教室，放学前，才两眼通红地回到教室。第二天课间休息时，儿子看小轩一个人趴在阳台上，直直地盯着楼下的操场，就走过去，把手搭在他肩上，什么也不说，默默地陪着他一起发呆。

没想到，平日里那个天不怕地不怕的小轩居然哭了。他告诉儿子，昨天跑出教室，是觉得自己像个小丑被围观，就躲起来痛快地哭了一场。他还说爸妈经常打架，动不动就拿他撒气。父母不喜欢，同学老师不待见，他觉得自己就不应该来到这个世界上。

儿子用自己的方式抚慰了小轩受伤的心，当他告诉我这件事时，我夸他是一个有爱心的孩子。也在那一刻，我庆幸这么多年，我们夫妻二人互相配合，力求在家庭上投入差不多的关注。

儿子刚出生时，老公步入事业上升期，我每天准时回家陪儿子，等他睡着了，再开始处理工作。儿子上一年级时，我开始忙起来，老公便主动承担家庭重担，让我专注于工作。日复一日，年复一年，我们都会在对方需要时全力以赴，毫无怨言。

都说家庭是一个铁三角，孩子是三角的顶，夫妻二人是下面的两个角。能成就孩子的是父母，能伤害孩子的也是父母，而和谐平衡的夫妻关系永远是父母送给孩子最好的礼物！

妈妈要狠狠地对自己好

艾美丽

儿子上一年级后,老公和我商量,让我辞了需要经常出差的工作,专心在家带孩子。成为全职妈妈以后,除了逛市场买菜,其余时间全部围着孩子转。每天早上6点起床就要开始忙碌:准备营养齐全的三餐、整理家务、检查孩子的书包、给孩子准备好保温杯、送孩子去学校、辅导作业……孩子上学时,我就在家跟着小红书学着做营养丰富的三餐。每天最早起床,最晚睡觉,神经绷得紧紧的。

全职妈妈整天待在家里,看起来轻松,实则是高强度和低价值感的工作。每天处理完琐碎的家务和孩子的学习问题,拖着疲惫的身体躺在床上时,一种无名的焦虑和失落感总会向我袭来。这种生活状态也让我的情绪压抑到爆发的临界点。

那段时间,孩子在学习上稍微有一点不认真,我就会控制不住自己的情绪。孩子数学考差了,我忍不住吼他:"不要总跟我说马虎,给你讲了多少遍,你怎么就是不会呢?"孩子分数有提高,我不满足地说:"你还要加油啊!不努力,一要会掉下去……"

但是我越急躁，孩子的成绩就变得越差劲。每次单元考试，成绩都在倒数前三。孩子的胆子也越来越小，以前爱笑爱闹却变得畏畏缩缩，对我的态度也是特别冷漠。孩子爸爸经常因为我对孩子的态度和我吵架。

我感到特别委屈，为什么我全心全意地付出，得不到家人的理解呢？那段时间，我经常找闺蜜出来聊天诉苦，她推荐我看一部视频短片《茉莉的最后一天》。海归硕士毕业妈妈，结婚后为了照顾孩子，放弃了即将到手的学院教授职位，全心全意在家里照顾孩子。

在茉莉妈妈看来，孩子成绩好，是父母投资成功的表现。所以她每天吼着孩子写作业，撕掉孩子的绘画作品，无视孩子用心做的母亲节礼物。茉莉妈妈认为只有孩子成绩好，才对得起自己在职业上的牺牲。16岁的茉莉，爱写小说，爱画画，但是她却感受不到妈妈的关爱和自己的价值。茉莉选择了从阳台一跃而下，结束自己的生命。

看完视频，我猛地打了个寒战，这不就是我吗？担心这样的状态会给孩子带来更多的伤害。我让老公请了两个星期的年假，带着我和孩子去西藏玩了一趟。

外出旅游的那几天，我想明白了。我有养育孩子的责任，但我并没有能力为孩子的一生负责任。孩子的成绩好不好，并不能决定他未来的人生幸不幸福，而妈妈的情绪好不好，却决定了一个家庭的氛围好不好。我应该先做一个开心的自己，其次才是一个妈妈。

我把做家务和关注孩子的时间腾出来，给自己报了阅读课和健身课，这是我之前一直想做的事情，只是因为孩子暂时搁置了。现在重新做回自己想做的事情，那种感觉太好了。

当我开始为自己的事情忙起来以后，关注孩子的时间没有那么多，我们俩的关系反而变好了许多。

国庆期间，阅读沙龙举办了阅读课集训课，主办方邀请到了一位我很喜欢的作家来讲课。我特别想参加这场活动，但又担心老公独自带孩子回老家，会照顾不周到、假期作业没有办法按时完成。

考虑许久，我还是决定去见自己喜欢的作家，孩子的事情放手让老公去操心。没想到，5天的时间里，老公和孩子把行程规划得井井有条。经过这件事，我也发现，为自己努力的过程远比为老公孩子的琐碎操心来得更有价值。

我把时间和精力从孩子的身上分出一部分给自己后，孩子变得比以前懂事多了。以前，每周的学习计划都是我帮着他梳理好，写出来贴到墙上，现在他自己在小白板上写下每天要做的几件事，完成一件事就在后面自己打钩，一点也不需要我来操心。

有一天，孩子居然对我说："妈妈，我觉得你比以前好一些了。"

我惊喜地看着他："为什么呀？"

孩子一脸认真地说："你每天看书写东西也不怎么发脾气了，我跟着你看书，成绩也进步了。"

听完孩子的话，我心里感慨万千。没有什么比一个爱学习的妈妈带给孩子的影响更大。当你把更多时间花在自己身上，提升自己，为孩子建立一个爱学习的榜样，你就不需要整天苦口婆心地教育他了。

我很喜欢的女演员倪虹洁出演了一部电影《突如其来的假期》，讲的是榴莲的妈妈是怎么又飒又美地把她养育成人。虽然家庭经济并不富裕，但是她并没有为了孩子把自己变得憔悴不堪，她照常上舞蹈课、蹦迪、画精致的妆容、穿漂亮的裙子。电影里，榴莲的妈妈一句大道理都没有讲，但是她亲身示范了一个人应该怎样坚定地过自己想过的生活。

一位妈妈能够狠狠地对自己好，这将比对孩子说一万句加油，更有力，更鼓舞。

妈妈对人生活法的完美演绎，自然会影响孩子对幸福人生的定义。对自己狠狠地好，是对孩子最大的鼓励，也是对自己人生的交代。

愿你与世间的美好不期而遇

如淇

难得休闲的午后，刚给自己点了杯咖啡，微信消息"叮咚，叮咚"弹个不停。点开一看，是我们小区自发组织的鸡娃群：

"大家知道吗？教委定啦，今年中考美术、体育特长生可以加分，且分数不低哩！"

"完了，我家娃啥都不会，一点特长都没有，怎么办？"

"真的啊？那我赶紧给女儿报画画班去。"

"求问有经验的宝妈们，现在去学网球还来得及吗？"

……

随着"消息通"祝成妈妈的一句话，沉寂多日的鸡娃群又炸锅了。群里的妈妈们也瞬间被传染了焦虑情绪。

"大家别慌，淡定点，别又跳坑里去了。"群里在市重点小学任教的王老师及时发言了，"妈妈们别急，不妨先观察观察孩子们在体、美上对哪些项目比较感兴趣，其实爱好比特长更重要。"

爱好真的比特长更重要。这也是我们一路陪着孩子成长起来最深的体会。

我和孩子爸爸很喜欢小提琴，孩子6岁的时候我们找了老师，把他送去学琴。孩子一开始对小提琴很好奇，第一节课学习怎么拿琴，拾弓子，学得挺快，有模有样的，老师评价他手感好，有悟性。我和他爸信心满满，仿佛看到未来的小提琴家就在眼前。

没想到几节课后就打脸了，小家伙"罢工"了，开始是找各种理由不想去上课，我们连哄带骗地拖着他去，结果一上课他就喊头晕、肚子痛。回家练琴时间，一会儿喝水一会儿躲在洗手间不出来。实在敷衍不过去时，他就去找爷爷奶奶当救兵。

那段时间，我们家里每天下午准点播放吼声、哭声、叫喊声、刺耳的"磨"琴声。学小提琴这么优雅的事情变成了我家的"魔咒"。对比别人家的孩子，那种恨铁不成钢的郁闷心情困扰了我们好一阵子。后来在孩子爷爷奶奶的劝阻下，我们才慢慢放弃了这项"优雅的特长"。

学小提琴的事就这样不了了之了，那个花2万元买来的琴现在还在角落里默默待着，时刻提醒着我们"强扭的瓜不甜"。后来又发生了一件事，让我们彻底信服了，兴趣才是孩子最好的老师。

有天放学，孩子一见我就嚷着要去学校击剑俱乐部学习击剑。孩子说，学校的击剑课非常有趣，他也想报名学习。因为有过小提琴的阴影，外加对击剑这项运动一点不了解，这次我们没有轻举妄动。

那天谈话后，儿子居然还拉着我们在电视上看了一部动画片《穿靴子的猫》,原来他很小就对动画片里剑客靴猫精湛的剑术感兴趣了,他指着靴子猫不停问我:"帅不帅?妈妈,我也要做剑客,太酷了!"

我指着在角落里吃灰的小提琴,问他:"能坚持住吗?再好好想想,这次不能再半途而废了。"结果他理直气壮地回答:"小提琴你们征求过我的意见吗?那是你们选择的,我不喜欢,你们偏要逼我学。击剑是我自己选的,我肯定会坚持。"

"体育项目训练起来很苦的哦。"

"我知道,我会以我的偶像为榜样的。"

"这只猫是你偶像啊?"

"是仲满和雷声大哥哥。"

"啊?你也知道他们?"

"那当然,我在平板上找到的,他们可帅了。"

事实证明,只要是他感兴趣的,不需要催促,他练得可积极了。孩子自从去了击剑俱乐部后,每天放学回家,主动到楼下完成跳绳、弓步、刺靶等一系列练习。一周两次的击剑课程从没落下。有一次家里来了老家的表弟表妹,大家玩得正高兴呢,上课时间到了,我跟他商量,要不这次先请假,下周再去上课。他想都没想,急忙抱着自己的击剑服往外跑,边跑边说:"不行,我还是去上课吧,可千万别迟到了。"

一晃五年过去了,击剑成了他最喜欢的一项运动,而且因为参加了多次比赛,击剑还成了他的作文素材库,他把每次比赛经历、感受都记录在作文本上,还说以后要上的大学必须要有击剑社团才行。

这项爱好是孩子发自内心喜欢的,也给孩子带来了满满的成就感。而我们一厢情愿的小提琴特长,却是为了自己的梦想强加给孩子的枷锁。

在我们给儿子报了击剑俱乐部的时候,同学小陈也选择了这项运动。小陈的身体素质好,教练也觉得他是专业击剑选手的好苗子,所以练习一个学期后,小陈父母就将击剑定为孩子的特长来培养,特地转去全国知名的万国击剑训练馆训练。

专业的击剑课每天都要从技术到体能进行高强度训练,晚上9、10点还在馆里训练是常态。强度最大时,每天跳绳3000个单挑,1000个双飞。有次我陪孩子去看小陈的训练,他脱下击剑服,打底衣都已经湿透了。而且弓步打多了,膝盖疼得站不直,对于一个10岁的孩子来说,不论生理还是心理都无法承受这样的超负荷训练,坚持一年后,小陈最终因为腿伤放弃了击剑。

现在小陈妈妈每次遇到我,都还在后悔当初不该那么功利,那么急切想要孩子在击剑上快速出成绩。没有那样高压训练,说不定击剑这个爱好还能坚持下来。

爱好就是玩中可以学,学中可以玩,让孩子的身心可以自由成长。而要求出成绩的特长会让孩子背负太大的心理压力,从而产生半途而废的反叛心理。很多艺术家一开始总是业余爱好者,所以我们要的不是短时成果,而是要从小培养孩子发现美、欣赏美的能力。

我要培养孩子的是能带来幸福感的爱好,是希望当他感受

到生活的恶意时,能够有一项抚慰心灵的爱好可以抵御生活的暴击;当他感到孤独迷茫时,能够有一项一直坚持的爱好帮他找回自信和方向;当他将要被生活磨平棱角时,能与这间的美好不期而遇。

图书在版编目（CIP）数据

接受自己的普通，然后全力以赴地出众 / 蓑依编著.
—济南：山东文艺出版社，2022.6
ISBN 978-7-5329-6552-6

Ⅰ.①接… Ⅱ.①蓑… Ⅲ.①成功心理—通俗读物 Ⅳ.① B848.4-49

中国版本图书馆 CIP 数据核字（2022）第 010100 号

接受自己的普通，然后全力以赴地出众
JIESHOU ZIJI DE PUTONG，RANHOU QUANLIYIFU DE CHUZHONG

蓑依 编著

主管单位	山东出版传媒股份有限公司
出版发行	山东文艺出版社
社　　址	山东省济南市英雄山路 189 号
邮　　编	250002
网　　址	www.sdwypress.com
读者服务	0531-82098776（总编室）
	0531-82098775（市场营销部）
电子邮箱	sdwy@sdpress.com.cn
印　　刷	山东新华印务有限公司
开　　本	880 毫米 ×1230 毫米　1/32
印　　张	7.75
字　　数	150 千
版　　次	2022 年 6 月第 1 版
印　　次	2022 年 6 月第 1 次印刷
书　　号	ISBN 978-7-5329-6552-6
定　　价	49.00 元

版权专有，侵权必究。如有图书质量问题，请与出版社联系调换。